불량과 모범 사이

초판 1쇄 펴냄 2015년 9월 20일
    4쇄 펴냄 2018년 7월 2일

지은이 문부일
펴낸이 고영은 박미숙

편집이사 인영아 ㅣ 뜨인돌기획팀 이준희 박경수 김정우 이가현
뜨인돌어린이기획팀 조연진 임솜이 ㅣ 디자인실 이기희 김효진
마케팅팀 오상욱 여인영 ㅣ 경영지원팀 김은주 김동희

펴낸곳 뜨인돌출판(주) ㅣ 출판등록 1994.10.11.(제406-251002011000185호)
주소 10881 경기도 파주시 회동길 337-9
홈페이지 www.ddstone.com ㅣ 블로그 blog.naver.com/ddstone1994
페이스북 www.facebook.com/ddstone1994
대표전화 02-337-5252 ㅣ 팩스 031-947-5868

ISBN 978-89-5807-587-5 43810
CIP2015024635

＊대산문화재단에서 지원하는 2014년 대산창작기금 수혜작입니다.
＊호텔프린스 서울이 지원하는 '소설가의 방'에서 집필했습니다.

불량과 모범 사이

뜨인돌

차례

그녀를 지켜라!

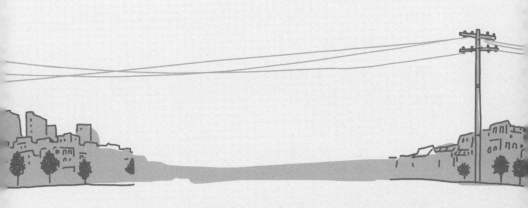

수업이 끝나기 오 분 전, 담임이 '학교 폭력 및 학생 신상 파악' 설문지를 나누어 주었다.

"옆 사람이 볼 수 없게 잘 가리고 사실대로 적어. 학생들을 위한 자료로만 쓰일 거니까 안심하고!"

담임이 진지하게 말했다.

설문지에는 학교 폭력 가해자와 피해자에 대한 질문이 있었다. 맨 아래 적힌, 반드시 익명을 보장한다는 굵은 글씨가 눈에 거슬렸다. 익명 보장이 어렵다는 건 선생님들이 더 잘 알 것이다.

지난해 담임은 설문지와 학생들의 공책을 꼼꼼히 살피며 필적 감정을 하더니, 결국은 작성자를 밝혀내 우리를 경악하게 만들었다.

폭력 문제에 관한 질문에는 모두 없다고 적으면 된다. 마지막 질문이 어려웠다. 동성애에 대해 어떻게 생각하는지 물었고, 그런 성향으로 의심되는 학생 이름을 적으라고 했다. 올해부터 추가된 문항이었다.

새로 부임한 교장이 지시했을 것이다. 교장이 바뀌고 나서 학교 분위기가 달라졌다. 선후배의 유대를 강조하며, 학년별로 색깔이 다른 명찰을 달도록 했다. 명찰 색깔로 학년이 구분돼, 선배들이 지나가면 고개를 숙이게 되었다. 학생부에서도 지난해보다 깐깐하게 복장 검사를 하고 있는데 역시 교장의 지시 사항이었다.

마지막 질문에는 고민할 필요 없이 '동성애는 절대 안 된다!'고 적었다. 아니, 그렇게 적어야 한다. 선생님이 원하는 정답과 다르게 적으면 뒷일을 감당할 수 없다.

"익명 보장을 위해 번호대로 나와서 직접 제출해."

담임이 복도로 나가 창가 옆에 섰다. 아이들이 번호대로 일어났다.

내 차례가 되어 담임 곁으로 갔다.

"중간고사 수학 점수가 떨어졌더라. 사범대나 교육대에 가려면 더 신경 써야 해! 너무 과학실 일에 집중하는 거 아니냐? 교생 선생님들한테 사범대 입학 정보 자세하게 물어봐."

담임이 빠르게 설문지를 훑어보며 다음 번호를 불렀다.

과학반 반장인 나는 과학 선생님을 도와 실험 준비를 하고 1분기 수업료를 감면받는다. 덕분에 일하는 재미가 쏠쏠했고 과학실은 나만의 공간이 되었다.

화장실에 다녀와 다음 수업을 준비하고 있었다.

"과학반 반장, 서태양이 누구야?"

여자 교생이 나를 찾았다.

교생들은 차림새가 비슷해 신분을 숨길 수 없다. 검은색 정장에 흰

블라우스 그리고 심플한 디자인의 검은 구두까지. 언뜻 보면 장례식에 조문 가는 표준 복장이다. 지난해에는 개성을 살려 청바지를 입고, 운동화를 신는 교생이 많았지만 올해는 그럴 수 없었다. 교장이 교생들의 복장을 철저히 단속한다는 소문이 돌았다. 거기에다 여자는 단발, 남자는 짧은 머리 스타일로 통일했다. 염색을 하거나 최신 유행을 따르는 경우는 드물었다. 미용실에 가서 '교생 스타일 컷'이라고 말하면 저런 헤어스타일로 변신할 수 있을 것이다.

"실험 준비를 하는데 알코올을 못 찾겠네. 과학 선생님이 네가 도와줄 거라고 하셨어."

교생은 휴대전화로 시간을 살피며 내 팔을 붙잡았다. 남학생만 있어서 퀴퀴한 교실에 풍기는 파운데이션 냄새는 녀석들을 자극할 만했지만 아이들은 시큰둥했다. 교생은 마음씨가 좋은 동네 아줌마 같았다. 쉬는 시간이 끝나 가고 있었다. 약품 상자 열쇠를 챙겨 1층 과학실로 내려갔다.

1층 중앙 현관을 지났다. 창가에 몰려 있던 여학생들이 농구장에서 덩크슛을 하는 몸짱 체육 교생을 보며 환호했다. 체육 교생들은 정장 대신 운동복을 입고 있어서 인기가 많았다. 몸에 맞지 않는 정장을 입은 남자 교생들은 어리바리한 아저씨 같아 여학생들의 시선을 붙잡는 데 실패했다.

과학실 문을 열었다. 검은 커튼이 처져 있어서 불을 켜도 어두운데, 시커먼 정장을 입은 교생들이 일렬로 서 있어서 더 칙칙했다. 대리석 바닥에서 올라오는 싸늘한 냉기까지 더해져 동굴에 온 기분이었다. 창가로 가 커튼을 걷었다. 눈부신 햇살이 과학실을 환하게 비추었다.

우리 학교는 사범대학 부설고등학교라서 팔십여 명이 교생실습을 왔고, 3학년을 제외한 16학급에 다섯 명씩 배치되었다. 중간고사가 끝나고, 지루할 때 교생이 와서 처음엔 산뜻하고 좋았다. 그런데 수업시간에 교생이 열 명씩 들어와 어수선해졌다. 직접 수업을 진행할 때는 PPT 기술을 뽐내려는 듯 현란한 자료를 준비해 토론과 발표를 시켰다. 아이들은 교생실습이 빨리 끝나길 바랐다.

과학실 구석에 있는 문을 열고 실험 준비실로 들어갔다. 약품 상자에서 'AL'이라고 적힌 흰색 플라스틱 통을 꺼내 뚜껑을 열었다. 알코올 냄새가 훅 풍겼다. 교생들이 큰 비커를 들고 따라 들어왔다. 비커에 파란 깔때기를 올려놓고 가뭄 지역 주민들에게 물을 공급하듯 알코올을 부었다.

분명히 이틀 전, 램프에 알코올을 가득 채웠다. 그런데 교생들은 실험에 목숨을 건 사람들처럼 매번 실험을 했다. 뒷정리는 내 몫이었다. 비커와 시험관 수백 개를 씻느라 주부습진에 걸릴 판이었다.

"국어 여자 교생이 학생들이랑 노래방에서 두 시간 동안 놀다가 구두 굽이 빠졌대."

"춤을 얼마나 췄으면 굽이 빠져? 득음했겠네. 사범대 출신 아니지?"

교생들은 인기 많은 다른 교생을 흉보더니, 그 일을 '노래방 습격 사건'이라고 명명했다.

"비커, 스포이트 개수 정확히 파악하고, 수업 끝나면 학생들한테 실험 도구 깨끗하게 씻으라고 꼭 말해 주세요. 실험 뒷정리도 실습 점수에 포함시킨다고 과학 쌤이 그랬어요."

과학 선생님이 하지도 않은 말을 꺼내며 나는 목에 힘을 줬다.

과학실을 빠져나와 중앙 현관을 걷고 있는데, 흥겨운 노랫소리가 들려 창밖으로 고개를 내밀었다.

며칠 전부터 할머니들이 정원에 꽃을 심었다. 오늘은 모자를 쓴, 뒤태가 날씬한 여자가 함께 일하면서 노래를 불렀다.

"싸랑만 남겨 놓고 떠나가느냐! 헤이, 야~알미운 사~ 아람~."

구성진 트로트였다. 우리 할머니가 자주 흥얼거리던 노래라 발로 박자를 맞추며 창가에 기대어 듣고 있었다. 조금 지나 종이 울렸다. 노래를 부르던 여자가 구석에 놓아둔 종이 가방을 들고 현관으로 뛰어왔다. 얼핏 보니 할머니가 아니라 여대생 같았다. 할머니들과 세대를 초월해 혼연일체가 되려고 입은 짙은 자주색 몸뻬가 눈길을 끌었다. 여자는 흙 묻은 남방을 벗으며 화장실로 들어갔다.

계단 옆 정수기에서 물을 마시고 교실로 올라가려고 할 때, 여자가 화장실 밖으로 나왔다. 몸에 딱 붙는 청바지로 갈아입어 몸매가 고스란히 드러났다. 레드와인색으로 염색한 머리는 숏커트로 잘라 발랄했다. 티셔츠에 명찰이 달려 있었다. 계단을 오르는 척하며 가까이 다가갔다. 명찰에 '국어 진지혜'라고 적혀 있었다. 1학년에 배치된 교생이었다.

수업이 끝나 4층 도서실로 갔다. 독서 공간을 칸막이로 막아 교생 교무실로 쓰고 있었다. 교생들은 노트북 자판을 두드리느라 정신이 없었고, 구석에 놓인 프린터가 쉬지 않고 돌아가 너무 어수선했다. 책을 고르는 데 집중할 수가 없었다.

과학 쌤이 들어왔다. 과학 쌤은 교생실습 부장을 맡고 있어서 지금이 가장 바쁠 때였다.

"교생실습 일지를 제출하라고 했는데 안 하신 분들 있어요. 꼭 확인하십시오. 진지혜 선생님은 국어인데 실습일지를 왜 과학 과목에 넣어요? 전과하고 싶어요?"

과학 쌤 특유의 비꼬는 말투는 때와 장소를 가리지 않았다.

"죄송합니다. 문과와 이과의 벽을 허물어야 할 것 같아서요!"

교생이 장난스럽게 말했지만 분위기가 싸늘했다.

"교장 선생님이 용모 복장에 신경 쓰라고 강조했습니다. 너무 튀는 복장이나 헤어스타일은 자제하세요. 실습 점수에 반영하겠습니다."

복장 단속에 걸릴 사람은 단 한 명, 진지혜 교생뿐이었다.

책을 빌려 과학실로 갔다. 봄 햇빛이 컴퓨터 위로 내려앉았다. 컴퓨터 전원을 누르고 실험 준비실에 들어가 전기포트에 물을 끓였다. 진한 맛을 좋아해 믹스커피 두 개를 컵에 넣고 물을 충분히 부었다. 과학 쌤이 마련해 놓은 전기포트와 커피는 요즘 내 차지가 되었나.

김이 피어오르는 커피잔을 실험실 컴퓨터 앞에 두고 어깨 스트레칭을 했다. 세면대 아래에 쌓여 있는 비커가 보였다. 비커를 씻지 않으면 내일 실험을 할 수 없다. 일이 많아 예민해진 과학 쌤에게 혼나고 싶지 않아 빨간 고무장갑을 끼고 물을 틀었다. 손가락에 힘을 주어 비커를 잡았다. 비커를 씻을 때는 집중해야 한다. 딴생각을 하다 보면 손에서 비커를 놓치게 되고, 순식간에 대리석 바닥에 떨어져 무참히 깨졌다.

십 분이 지났다. 허리가 아프고 어깨가 결렸다. 집에서는 고무장갑을 낄 일이 거의 없는데 학교에서는 만날 실험 도구들을 설거지하느라 끼게 된다.

엄마가 보면 어떤 표정을 지을까?

허리를 두드리며 기지개를 켤 때, 과학실 문이 열렸다.

"부장 선생님이 준비실 책상에 실습 일지를 올려놓으라고 하셨는데, 어디야?"

진지혜 교생이 들어왔다.

준비실 문을 턱짓으로 가리켰다. 교생이 준비실로 들어갔다. 대리석 바닥이라 걸을 때마다 또각또각 구두 소리가 울렸다. 걸음걸이에 힘이 들어가 실습생답지 않게 당당했다.

"비커 씻는구나! 도와줄게."

교생은 소매를 걷어 올리고 세면대 앞에 섰다. 고무장갑을 벗어서 건네주려고 하자 고개를 저었다.

"설거지는 맨손으로 해야 제맛이지!"

교생은 맨손으로 뽀드득 소리가 나도록 비커를 깨끗하게 씻었고, 순식간에 일을 끝마쳤다. 설거지의 달인이었다.

창가에 비커를 3층으로 쌓았다. 눈부신 햇살에 유리가 투명하게 빛났다.

"선생님 덕분에 빨리 끝났어요. 보답으로 커피 한 잔 드릴게요."

준비실에 들어가 깨끗한 컵에 믹스커피 하나를 넣고 뜨거운 물을 부었다.

"다방 스타일로 마셔! 두 개 넣어 줘."

교생이 소리쳤다. 시럽이 안 들어간 씁쓸한 아메리카노를 좋아할 것 같은 도시적인 외모와 다르게 커피 취향이 나와 똑같았다. 교생과 같이 커피를 마시고 싶어 믹스커피를 여러 개 더 꺼냈다.

커피 물을 끓이는 사이 교생이 짧게 비명을 질렀다. 실험실로 나갔다. 세면대 수챗구멍에 남은 쓰레기를 치우다가 깨진 스포이트 조각에 손가락을 베인 것 같았다. 엄지손가락에 선홍색 피가 흘렀다. 교생이 휴지로 손가락을 감쌌다.

소독약을 가지러 다시 준비실에 들어갔다. 알코올 통을 꺼내 비커에 따를 겨를이 없어 과산화수소와 연고를 집었다. 교생이 손가락에 감았던 휴지를 풀었다. 피가 멈추었다. 스포이트로 과산화수소를 손가락에 떨어뜨렸다. 거품이 수없이 일어나다가 사라졌다.

"거품이 왜 나는 거야?"

교생이 신기하다는 듯 나를 바라보았다.

"과산화수소가 상처를 만나면 물과 산소로 분리돼 거품을 끓게 해요. 떨어져 나간 산소가 살균하는 과정이죠."

교생의 손가락에 연고를 바르고 밴드를 단단하게 붙였다.

"과학 상식이 엄청 풍부하네! 흰색 가운을 입고 실험에 몰두하는 남자, 참 멋지지!"

교생이 나를 치켜세웠다. 과학 부장이라는 역할이 처음으로 자랑스러웠다.

실험실 책상에 마주 앉아 커피를 마셨다. 알코올과 여러 가지 용액 냄새만 풍기는 과학실에서 맡는 화장품 냄새는 코끝을 자극했다. 너무 조용해 교생의 숨소리까지 또렷하게 들렸다. 무슨 말이든 먼저 꺼내야 하는 상황이었다.

"문예반에 가려고 시험을 봤는데 떨어졌고, 미달된 특활부 중에 과학반이 그나마 혜택이 많아서 지원했어요."

문학 특기생으로 대학 진학을 노리는 아이들이 많고, 수업을 빼먹고 백일장에 나가는 특혜까지 누릴 수 있어서 문예부 인기가 높다고 덧붙였다.

"과학반 혜택이 뭐야?"

"과학 경진 대회 준비할 때 봉사 점수도 인정되고, 대회 나가서 상 받으면 대학 진학에 유리하대요. 쌤은 왜 국어교육과에 가신 거예요?"

"난 국어교육과가 아니라 국문학과야. 아이들이 좋아서 선생님이 되려고 교직 이수했는데 교생실습하면서 교사 스타일이 아니라는 걸 뼈저리게 느끼고 있어."

그녀가 시원스레 웃으며 실습 때 벌어진 많은 일들을 털어놓았다.

'노래방 습격 사건' 때 구두 굽이 빠진 사람 역시 그녀였다.

그녀가 사범대에서 수업 들을 때 이야기를 들려주었다. 조별 과제 마감이 6월 중순인데도, 3월 초부터 준비하는 학생들이 자신에게 게으르다고 욕하기 일쑤였다고 한다. 열심히 하는 모습은 좋은데, 다른 것에는 관심 없이 온통 과제만 신경 쓰는 친구들이 좀 답답해서 어울릴 수 없었다고 했다. 사범대와 교육대를 지망하는 우리 반 녀석들의 얼굴이 떠올랐다. 모범생이라는 단어의 뜻을 온몸으로 실천하는 녀석들이 대부분이었고 나도 마찬가지였다.

"문학을 좋아해서 국문학과를 지원한 거예요?"

"어릴 때, 시골에 살아서 즐거운 경험을 많이 했거든. 그 이야기를 글로 쓰고 싶었어. 난 예술가와 과학자가 세상을 이끌어 간다고 생각해. 천재 시인, 음악가, 과학자는 있지만 천재 국회의원, 천재 대통령은 없잖아. 슬프지만 내가 글쓰기에 재능이 없다는 것을 단박에 알았지."

그녀는 조리 있게 말을 이어 나갔다.

예술가와 과학자가 새로운 세상을 열면 그 뒤를 정치인, 경제인이 바쁘게 쫓아간다는 말에 머리가 아찔해졌고 가슴이 벅차올랐다. 어른들은 정치인, 법조인, 경제인이 세상을 이끌어 간다고 말했고, 한 번도 의심하지 않았다.

부모님은 그런 거창한 삶보다 소박한 일상을 강조했다. 5급 사무관으로 승진해 퇴직하길 바라는, 시청 공무원인 아빠와 가정주부로 살아온 엄마는 교사가 되면 성공한 삶이라고 늘 말했고, 나도 그렇게 꿈을 정했다. 그런데 시간이 흐를수록 뿌연 안개가 사방을 막고 있는 느낌이었다. 안개 너머에 내가 절실하게 좋아하는 그 무엇이 있을지도 모른다는 호기심이 커졌다.

"글쓰기를 좋아해서 문예반에 지원한 거야?"

"글을 써 본 적은 없고 책 읽기를 좋아해요. 국어 선생님이 되실 거라서 글 잘 쓰시겠네요."

그녀의 이야기를 더 가까이에서 듣고 싶어 바짝 다가가 앉았다.

"국어 선생님들 중에도 글 못 쓰시는 분 많아. 편견을 깨야 해. 태양이는 꿈이 뭐야?"

'깨야 해'라고 말할 때 그녀의 눈동자가 빛났다. 그녀는 단어 하나하나를 생동감 있게 발음했다.

그녀는 눈을 크게 뜨며 내 대답을 기다렸다. 사범대에 진학해 교사가 되는 것은 내가 정한 꿈이 아니었다. 잠깐 머뭇거리다가 커피를 마셨다. 식은 커피는 비릿했다.

"문과 학생이 과학반이라 태양이는 더 잘 됐어. 어릴 때부터 나는 역사, 철학 같은 문과 책만 읽었더니 과학적 상상력이 부족해 글을 쓸 때마다 답답해. 문과, 이과 구분하지 말고 책을 읽으면 더 빛나는 상상력이 생길 거야."

그녀가 들고 있던 컵을 책상에 내려놓고 주머니에서 휴대전화를 꺼냈다.

"게임 대결 신청이 왔어. 지금 내가 레벨 탑인데 이번에 우승할 수 있을 거야."

그녀는 커피를 단숨에 마시고 과학실을 빠져나갔다. 전화번호를 물어보지 못해 아쉬웠다.

그녀의 냄새와 명랑한 목소리는 여전히 내 곁에 남아 있었다. 머릿속이 어수선해 가만 앉아 있을 수 없어 과학실을 서성거렸다. 실험 도구, 용액 냄새, 과학적인 분위기가 새롭게 느껴졌고, 처음으로 이 공간이 뜻깊게 다가왔다.

그녀가 마시던 커피잔을 치우다가 게시판에 붙어 있는 과학 경진 대회 공문이 눈에 뜨였다. 봉사 점수와 참가비만 챙기려고 심드렁하게 있었는데 생각이 바뀌었다. 이번에는 꼭 좋은 결과를 얻고 싶었다. 과학실을 빠져나가 도서실로 향하면서 과학책 코너가 어디인지 떠올렸다.

목요일 오후, 특별활동 시간이었다. 1학년 후배들이 과학실로 들어왔다. 여자보다 남자들이 많은 동아리답게 분위기가 칙칙하고 무거웠다. 2학년 여자아이 두 명은 구석에 딱 붙어 앉아 수다를 떨었다. 1학년들은 휴대전화로 게임을 했다. 교탁 앞으로 걸어가 칠판을 두드렸다.

"과학 경진 대회 예선 참가 회의를 시작하자. 자료를 찾아보니 로봇 축구가 우승할 확률이 높아."

과학에 열정이 있는 너석이 없어서 로봇 축구 분야에 출전하자는 뜻에 다들 찬성했다. 결정은 쉬웠지만 문제는 준비 과정이었다. 선배들로부터 내려온 노하우가 없어서 처음부터 공부해야 하는 상황이었다. 하품을 하거나 엎드려 있는 녀석들이 많았다.

"이번에는 꼭 우승해서 교사상까지 받아 과학 쌤을 기쁘게 해 드리자!"

칠판에 준비 계획을 적었다.

"경진 대회 단체 참가비 얻느라 행정 실장한테 엄청 굽실거리고 있어. 교사상까지는 바라지도 않는다. 제발, 예선만 통과해라."

과학 쌤은 썩은 미소를 짓고 준비실로 들어갔다.

우승 상금에 대해 이야기를 하자 아이들이 회의에 집중했다. 여러 가지 의견이 나왔다.

한창 분위기가 무르익을 때, 학생 부장이 거칠게 과학실 문을 열고 들어왔다. 선생님은 붉으락푸르락한 얼굴로 구석에 앉아 있는 2학년 여학생 두 명을 부르더니 따라오라고 다그쳤다. 이유는 말하지 않았다. 여학생들은 불안한 눈빛으로 고개를 갸웃거리며 뒤를 쫓았다. 학생 부장의 표정을 보니 큰 사고를 친 게 분명했다. 정작 본인들은 그 까닭을 모르는 눈치였다.

"둘이 완전 베스트 프렌드잖아. 무슨 일이야?"

한 녀석이 말했다. 붙들려 간 여학생들은 존재감 있는 아이들이 아니라서 궁금증은 곧 사라졌지만 어수선한 분위기는 그대로였다.

"국어 시간에 섹시한 교생 완전 대박이었다며?"

2학년 녀석이 1학년들 쪽으로 몸을 돌렸다. 진지혜 교생을 말하고 있었다. 헛기침을 하며 1학년 쪽으로 다가가 귀를 기울였다. 그녀가

『춘향전』을 참고 자료로 삼아 수업을 진행할 때, 남학생이 조선 시대 성문화에 대해 짓궂은 질문을 했다고 한다.

"섹시 교생이, 성은 개방적이어야 한다고 해서 다들 후끈 달아올랐잖아요."

1학년의 말에 누군가 마른침을 삼켰고, 2학년들은 더 자세하게 말해 보라고 재촉했다.

1학년 후배의 이야기를 들어 보니 그녀는 폐쇄적인 성문화가 성범죄를 키워 문제가 된다고 말한 것이었다. 녀석들은 앞뒤의 문맥과 배경은 빼고 개방이란 단어에만 집중하며 이상야릇한 상상을 했다.

"완전 밝히는 여자 아니냐?"

녀석들은 그녀를 화젯거리로 삼아 야한 이야기를 보탰다.

"성범죄는 여자들이 원인을 제공하는 거야. 야한 옷차림이 남자들을 유혹해 성추행을 하게 만들잖아."

"온몸을 천으로 두르고 다니면 그런 일은 절대 벌어지지 않아."

녀석들의 냄새 나는 입에 그녀가 오르락내리락하고 있었다. 그녀와 단둘이 이야기를 나누었던 신성한 과학실에서 그녀를 모욕하는 것을 참을 수 없었다.

"게을러터진 일 학년 새끼들! 교생실습 때문에 힘든 거 알면서 안 도와줄 거야? 비커 씻고, 남은 용액량 확인해서 상부에 정확하게 기록해. 그리고 경진 대회 계획서 제출 안 하면 참가비 안 줄 거야."

눈을 부라리며 고함을 질렀다. 녀석들이 입을 다물고 세면대로 가

고무장갑을 꼈다.

특활 시간이 끝나 교실로 올라갔다.

"학생부에서 동성애 의심 학생을 색출해서 반성문 쓰게 했대. 다음에도 이름이 거론되면 집에 연락하고 징계할 거래. 나 같으면 학교 옮기겠다. 창피해서 어떻게 학교에 다녀? 더러워!"

"그 여자애 중에 한 명은 남자처럼 보여. 남자인지 여자인지는 옷을 벗겨 보면 알 수 있겠지."

"이제는 친구들끼리 어깨동무도 하면 안 돼! 누가 사진 찍어서 학생부에 신고할지 몰라."

녀석들은 학생부에 잡혀 간 아이들의 이름을 들먹거렸다. 과학반 여자아이들의 이름도 들렸다.

불만을 품고 친구를 고발하면 속수무책으로 당할 수밖에 없는 이 상황을 보고만 있을 수 없었다. 녀석들은 자신은 절대 피해자가 되지 않을 거라고 확신했다.

문제 제기를 해야 하지만 자신이 없었다. 어설프게 나섰다가 담임과 학생 부장에게 찍혀 학생기록부에 좋지 않게 실리면 사범대 면접을 볼 때 불리했다. 침묵하기로 마음먹었다.

종례가 끝나 곧장 과학실로 갔다. 과학 쌤이 준비실에서 일을 하고 있었다. 경진 대회 예산 계획서를 작성해서 과학 쌤에게 결재받고 행정실에 제출해야 한다. 경진 대회 홈페이지에 접속해 행사 일정표를 확인하고 교통비와 점심값을 계산하고 있었다. 준비실에서 날카로운 목소리가 들려왔다.

"진지혜가 제정신이 아니구나. 자기 일도 똑바로 못하는 위인이 뭔 짓을 한 거야. 교생 관리 못 했다고 엄청 깨지겠네."

과학 쌤이 종이컵을 구겨서 바닥에 던지고는 교무실로 뛰어갔다.

휴대전화가 진동했다. 우리 반 단체 채팅방이 시끄러웠다. 벌써 수십 개의 글이 올라왔다. 그녀의 이름이 언급되고 있어서 처음부터 읽었다.

그녀가 동성애 학생 적발에 대해 문제 제기를 했다. 학교와 교육청 홈페이지에 올린 글을 어떤 녀석이 복사해 채팅방에 올려놓았다. 열 줄 정도 되는 짧은 글이었고, 강한 어조로 비난하거나 비판한 것도 아니었다. 학생과 교사가 함께 고민했으면 좋겠다는 내용이었다.

— 대박 사건! 우리 학교가 드디어 신문에 나오고 인터넷 검색어에 오를 듯.

— 혹시 그 교생도 레즈비언 아니냐?

— 며칠 뒤에 실습 끝나서 떠날 사람이 왜 사건을 일으켜! 오늘의 뜨거운 사건녀!

채팅방에서 그녀의 별명은 섹시한 진다르크였다.

학교 홈페이지에 접속해 자유게시판을 확인했다. 그녀의 글은 이미 삭제되어 있었다.

서둘러 교무실로 갔다. 과학 쌤과 교감이 보이지 않아 두리번거리고 있을 때, 복도 끝에서 고함이 들렸다. 교장실에서 나는 소리였다. 교장실 문이 닫혀 있었지만 교장의 거친 목소리가 크게 들렸다.

밖으로 나가 정원을 구경하는 척하며 교장실을 들여다보았다. 교장, 교감, 학생 부장, 교무 부장, 과학 쌤, 그녀가 앉아 있었다. 창문이 열려 있어 말소리가 고스란히 들렸다. 교장은 삿대질을 하며 소리를 질렀고, 그녀는 고개를 숙인 채 쏟아지는 폭언을 들었다.

화단에는 그녀가 심은 꽃들이 잘 자라고 있었다. 그녀에게 오늘은 따사로운 햇살이 좋은, 잔인한 어느 봄날로 기억될 것이다. 또 휴대전화가 울렸다. 채팅방에 수십 개의 메시지가 올라왔다. 그녀를 응원하는 메시지를 올리면 욕설 테러를 당할 만큼 험악한 상황이었다. 그녀가 제기한 문제를 진지하게 의논하는 사람은 없었다. 채팅방 나가기 버튼을 눌렀다. 시끄러운 진동이 더 이상 들리지 않았다.

교무실 창가에 서 있던 선생님들이 그녀에 관해 이야기를 나누었다. 목소리가 너무 커서 듣고 싶지 않아도 들을 수밖에 없었다. 큰 나무 옆에 몸을 숨기고 엿들었다.

"크게 문제될 것 없는 사소한 의견이지만 학교장의 허락을 받지 않고 교육청 홈페이지에 올리면 학교 이미지가 실추되잖아."

"우리와 먼저 의논하지 않은 것은 선배들을 무시한 거야. 우리는 입이 없고 머리가 나빠서 조용히 사는 줄 아나?"

"너무 나대는 사람이 학교에 있으면 시끄러워서 귀찮아."

대부분 그녀를 비난하고 있었다. 이번 기회에 교장의 독단적인 행동을 막아야 한다는 말도 간혹 들렸지만 아무도 동의하지 않았다. 다리에 힘이 풀려 더 이상 그곳에 있을 수 없었다.

과학실에 들어가서 문을 거칠게 닫았다. 평소보다 더 싸늘한 기운이 감돌았다. 컴퓨터 앞에 앉아 마우스를 만지작거리다가 인터넷 검색창에 진지혜라고 입력했다. 수없이 많은 진지혜가 검색되었다. 그녀가 다니는 대학교 이름을 덧붙였다. 그녀가 지난해 대학신문사에서 주최한 문학상을 수상했다는 신문 기사가 있었다.

기사를 클릭해 자세하게 읽었다. 수상 작품인 「어느 아파트에서」라는 시도 올라와 있었다. 농촌보다 도시가, 옛날보다 오늘날, 사람들의 관계가 촘촘하게 얽혀 있어 소통이 중요하다는 것을 아파트를 통해 보여 주고 있었다. 어려운 문장이 없어서 쉽게 이해할 수 있었다. 아파트에 살면서 한 번도 생각해 보지 못한 문제들을 그녀는 예리하고 발랄하게 포착했다. 주제가 명확해 시인의 진심이 와 닿아 반복해서 읽었다. 이 시를 쓸 때 그녀의 모습을 떠올려 보았다. 분명 진한 커피를 마시고 있었을 것이다.

준비실에 들어가 컵에 믹스커피 두 개를 넣고 뜨거운 물을 부었다. 커피를 한 모금 마셨다. 너무 씁쓸해 삼킬 수가 없어 쓰레기통에 뱉었다.

진다르크 고발 사건이 마무리되고, 며칠이 지났다.

내일 교생실습이 끝난다. 반장 녀석은 교생 송별회를 한다며 2,000원을 걷었다.

그녀도 멋진 송별회를 할 수 있을까?

그녀가 1학년 아이들과 교생, 선생님들 사이에서 왕따를 당한다는 소문이 떠돌아다녔다. 헛소문이 아니라 사실일 것이다.

경진 대회 예산 계획서를 들고 도서실로 올라갔다. 교생들은 청소를 하고 있었다. 도서실을 막고 있던 칸막이를 치우고 예전처럼 책상들을 배치해 도서실이 차분해졌다.

과학 쌤은 교생들이 제출한 서류를 읽으며 한 손으로 뒷목을 주물렀다. 책상 위에 예산 계획서를 올려놓았다. 선생님이 대충 훑어보더니 서명을 해 주었다.

"진지혜 교생 어디 갔어요? 실습 최종 보고서 제출하라고 했는데 아직 안 냈잖아요."

선생님이 청소하는 교생들에게 말하며 얼굴을 구겼다.

서류를 행정실에 제출하려고 계단을 내려가고 있었다. 2층 컴퓨터실에서 나오는 그녀를 만났다.

"과학 쌤이 선생님 찾고 계세요. 얼른 올라가 보세요."

"무슨 일인지 알고 있어."

그녀답지 않게 한숨을 내쉬었다.

그녀는 노트북이 고장 나서 컴퓨터실에서 실습 최종 보고서를 마무리해 C드라이브에 저장해 놓고 화장실에 다녀왔다고 했다. 그사이 학생들이 청소를 하려고 컴퓨터의 전체 전원을 껐다. 학교의 모든 컴퓨터는 전원을 끄면 C드라이브에 저장한 파일이 자동 삭제돼 복구할 수 없다. 그녀는 노트북을 쓰고 있어서 주의 사항에 귀 기울이지 않았다며 늦은 후회를 했다.

"내가 저지른 사건 알지? 임용 고시에 합격할 자신도 없고, 교사로서 자질도 없는 것 같아서 시원하게 한마디했는데 일이 커졌어. 최종 보고서 파일까지 삭제된 걸 보니 교사가 될 운명이 아니야."

그녀가 허탈하게 웃으며 걸어갔다.

다행히도 컴퓨터반 부장이 나와 베스트 프렌드였다. 아직 희망이 남아 있었다.

컴퓨터실로 달려갔다. 아이들이 청소하느라 소란스러워, 녀석을 조용한 곳으로 불러 파일 복구에 대해 물었다. 친구는 불가능하다고 잘라 말했다. 1학년들에게 시끄럽다고 화를 내고 밖으로 나왔다.

행정실에 서류를 접수하고 과학실에 갔다.

"피곤해서 먼저 갈 테니까 과학실 문단속하고 돌아가. 열쇠 줄게."

과학 쌤이 서류 뭉치가 든 상자를 교탁에 내려놓았다. 상자 속에 실습 최종 보고서가 들어 있었다.

집에 가려고 커튼을 치며 창밖을 보았다. 그녀가 교문 쪽으로 걸어가고 있었다. 다른 교생들은 짝을 이뤄 수다를 떨거나, 아이들과 어울려 걷고 있었다. 그녀 곁에는 아무도 없었다. 그녀의 축 처진 어깨와 힘없는 모습이 보기 싫어 커튼을 쳤다.

1학년 후배가 아이디어 계획서를 제출했다. 경진 대회 준비는 예상보다 반응이 좋아 개교 이래 처음으로 예선 통과를 기대할 만했다. 조금만 더 노력하면 본선에서 장려상까지 노려 볼 수도 있었다. 그녀 덕분이었다. 정작 그녀는 사고만 치고 일은 제대로 하지 않는 불성실한 사람으로 낙인 찍혀 손가락질을 받았다. 그렇게 둘 수 없었다.

과학실 문을 잠그고 준비실에 들어갔다. 준비실에는 창문이 없어서 밖에서 안을 들여다볼 수 없었다. 실습 보고서가 들어 있는 상자를 뒤집어서 국어과 보고서를 찾았다. 스무 편가량이었다. 보고서를 살펴보니 시를 어떻게 가르쳤는지에 관한 내용이 대부분이었다.

실험실 컴퓨터 앞에 앉아 국어과 보고서를 차례대로 훑어보며 비슷한 내용을 한글 문서에 옮겨 적었다. 같은 반에서 수업한 교생이 세 사람이라 내용이 비슷해도 문제될 게 없었다. 어차피 과학 쌤은 국어 수업에 대해 전혀 모를 것이다. 마지막으로 문학상을 받은 그녀의 시를 적고, 내 느낌을 학생들의 감상평이라고 둘러댔다. 거짓말은 아니었다. 난 그녀의 첫 제자라고 생각한다.

시간이 얼마나 지났을까. 시계를 보니 일곱 시 반이었다. 최종 보고서를 만드는 데 세 시간이 걸렸다. 긴장하며 집중했더니 어깨에 돌덩이를 매단 것 같았다. 보고서를 꼼꼼하게 훑어보고 마지막 부분에 그녀 이름 진지혜를 적고 출력 버튼을 눌렀다. 프린터에서 경쾌한 소리가 났다. 가벼운 스트레칭으로 어깨 근육을 풀면서 보고서 페이지와 인적 사항을 살피고 상자에 담았다.

그녀에게 연락해 기쁜 소식을 알리고 싶었지만 전화번호를 모른다. 과학 쌤 책상을 뒤져 보니 노란색 서류 파일에 '교생 비상 연락망'이라고 적혀 있었다. 휴대전화에 그녀의 번호를 입력했다. 이름은 진다르크로 저장했다.

베프인 컴퓨터반 부장에게 파일 복구를 부탁했는데, 지금 해냈어요. 축하! 최종 보고서를 출력해서 과학 쌤 책상에 올려놓을게요. 교생실습하느라 고생했어요.

문자 발송 버튼을 눌렀다.

완벽하게 마무리했더니 배가 너무 고팠다. 매운 치킨카레의 알싸한 향기와 매콤한 맛이 입안에 감돌았다. 뜨거운 밥에 송송 썬 파를 듬뿍 넣어서 비벼 먹고 싶었다.

가방을 챙겨 과학실 밖으로 나왔다. 정원에 서 있는 가로등에 불이 환하게 들어와 아늑했다. 공기가 어느 때보다 산뜻한 저녁이었다.

중앙 현관으로 나가 운동화로 갈아 신고 고개를 들었다. 누군가 내 앞에 서 있었다. 깜짝 놀라 뒤로 물러서며 정신을 차렸다. 그녀가 최종 실습 보고서를 내밀었다. 프린터의 온기가 종이에 남아 있었다.

발치

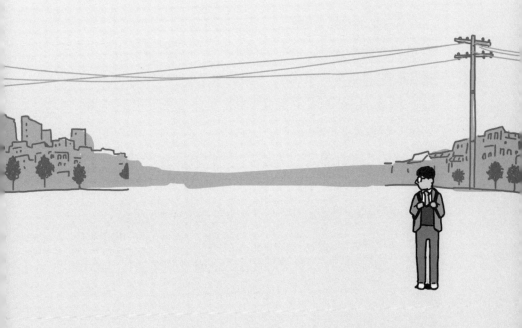

드디어 구보 훈련이 끝났다.

맞지 않는 군복, 무거운 군화, 뛸 때마다 머리를 압박하는 철모로 무장한 채, 한 시간 동안 달렸더니 마라톤 풀코스 42.195킬로미터를 완주한 것처럼 기운이 빠졌다. 군화가 발에 맞지 않아 발뒤꿈치에 물집이 잡힌 아이도 여럿이었다.

휴식 시간은 고작 오 분이었다. 승리부대 아이들은 뿌연 먼지가 풀풀 날리는 연병장 바닥에 주저앉아 햇볕의 무차별 공격을 견뎠다. 얼음이 가득한 콜라가 간절한 어느 화창한 가을 오후였다.

먼지 묻은 손으로 얼굴에 흐르는 땀줄기를 훔치며 나도 바닥에 주저앉았다. 옆에 앉은 녀석이 군복 건빵주머니에서 건빵 대신 선크림을 꺼내 얼굴에 발랐다. 땀줄기 때문에 선크림은 피부에 스며들기도 전에 흘러내렸고, 검은색 위장 크림까지 섞여 녀석의 얼굴이 얼룩덜룩했다.

병영 체험 캠프에 참가한 지 네 시간이 지났다. 조회 시간마다 ROTC 출신이라고 으스대는 교장 선생님은, 소풍 대신 병영 체험을 제안했다.

함께 훈련 받으면 단결심이 생겨 왕따 문제가 해결되고, 경쟁심이 사라져 행복한 학교가 될 거라고 강조했다. 병영 체험이 체육 수행평가에 반영된다는 소문이 돌면서 아무도 볼멘소리를 하지 못했다.

구보를 끝낸 뒤부터 오른발 뒤꿈치가 계속 아파 군화를 벗었다. 양말 앞부분이 땀에 젖어 검게 물들었고, 퀴퀴한 발 냄새가 퍼져 나갔다. 양말을 벗었다. 뒤꿈치에 잡힌 물집이 터져 쓰라렸고, 검붉은 피도 보였다. 또 호루라기 소리가 들렸다. 제식훈련을 할 차례였다. 양말로 뒤꿈치의 피를 닦아 내고 군화를 신었다. 오른발에서 찌릿한 통증이 느껴졌다.

이곳에서 가장 무서운 것은 가을 햇볕의 자외선도, 발의 상처도 아니다. 빨간 모자를 쓴, 매의 눈을 가진 교관이었다. 교관은 누가 농땡이를 치는지, 구호를 외치지 않고 붕어처럼 입만 뻐끔하는지, 동작을 틀리는지 단박에 찾아내 고막이 터지도록 호루라기를 불어 댔다.

"제식훈련은 80명이 똑같이 움직이는 통일성이 중요합니다. 자신 있습니까?"

교관의 발음이 정확하지 않아 '자신'이 '자식'처럼 들렸다. 미성년자라 아직 '자식'은 없고, 승리할 '자신'도 없다고 외치고 싶었지만, 그 말을 할 '자신'이 없어 영혼 없는 목소리로 힘없이 '네'를 외쳤다.

우리는 패잔병 같았다. 배고픔도 한몫 거들었다. 이럴 때 수돗물로 배를 채워야 하지만 물도 마음대로 먹을 수 없어 사막 체험까지 동시에 하는 셈이었다.

"오와 열을 맞추며, 왼발! 왼발! 왼발!"

교관의 구령에 맞춰 팔을 흔들며 걸었다.

"18번 훈련병, 발맞춰 걷는 것도 제대로 못합니까? 초등학교 졸업 안 했습니까?"

교관이 호루라기를 불었다.

우리는 제자리에 멈춰 서 교관의 눈치를 살폈다. 옆에 있는 녀석이 속삭이듯 내 이름을 불렀다. 녀석의 철모에 '19'라고 적혀 있었다. 그렇다면 18번 훈련병은 바로 나였다.

사람이 많아 절대 들키지 않을 거라고 생각했지만 교관은 예리하게 우리의 동작 하나하나를 살펴보고 있었다. 훈련을 시작할 때 구령에 맞춰 왼발을 내딛었다. 그런데 나도 모르게 오른발에 맞춰 걷고 있었다.

"18번 훈련병 때문에 79명의 노력이 물거품 될 수 있습니다. 알겠습니까?"

교관이 삐뚜름하게 쓴 빨간 모자를 만지작거렸다.

모든 사람이 나를 바라보고 있었다. 등짝에서 뜨거운 열이 올라왔다. 모자란 녀석이라고 마음속으로 자책하고 있었다.

"고문관이네."

아름답지 못한 낱말이 들려 고개를 돌렸다.

키 크고 엄청 마른 73번 훈련병과 눈이 마주쳤다. 녀석이 장난스럽게 웃으며 어깨를 으쓱거렸다. 얼굴에 검은색 위장 크림을 선크림처럼 발라 참전 중인 군인 같았다. 숱 많은 머리카락과 검은 얼굴 때문에 언뜻 빼빼로 과자 혹은 성냥개비처럼 보였다.

"73번 훈련병이 가장 열심히 훈련에 매진하고 있습니다. 앞에 나와서 시범 보이도록!"

교관이 말했다.

"73번 훈련병 정형석! 알겠습니다."

빼빼로가 으스대며 손을 번쩍 들었다. 관등성명부터 몸짓 하나하나가 진짜 훈련병 같았다.

교관의 구령에 맞춰 녀석은 힘차게 팔을 흔들며 씩씩하게 걸었다. 눈을 부릅뜨고 아주 열심히 하고 있었지만 어설퍼 웃음이 나왔고 왠지 안쓰러웠다.

순간, 내가 녀석을 안타까워할 처지가 아니라는 것을 깨달았다. 조바심이 났다. 구름 한 점 없는 파란 하늘과 붉게 물든 단풍을 감상할 겨를 없이 설욕의 기회를 노리며 부지런히 걷는 연습을 했다. 어깨가 뻐근하고 허벅지가 당겼다.

다시 훈련이 시작되었다.

"좌향좌, 우향우, 좌향좌, 우향우!"

교관의 구령에 맞춰 몸을 돌렸다. 옆에 서 있는 녀석과 눈이 마주쳤다. 허둥거리며 주변을 살폈다. 나만 다른 방향이었다. 어김없이 호루라기 소리가 들렸다. 흰 숨을 쉬며 양손으로 철모를 만졌다. 뜨거운 철모에서 햇빛 냄새가 훅 풍겼다.

"18번 훈련병, 정신 안 차립니까? 여중생도 잘하는데 고등학생이 왜 이렇게 못합니까?"

교관은 자존심을 일 초 만에 짓밟는 탁월한 재능을 갖고 있었다.

이곳에서 탈출하고 싶다. 하지만 높은 산이 견고한 성처럼 사방을 막고 있어서 탈영해도 곧 잡힐 것이다. 승리부대 전원이 숨죽인 채 나를 지켜보았다. 성적이 바닥으로 곤두박질친 것보다 더 자존심이 추락했다. 발뒤꿈치에서 전해 오는 통증도 느끼면 안 될 하찮은 존재가 되고 말았다.

교관이 또 빼빼로를 불러 시범을 보이라고 했다.

인터넷 커뮤니티 청소중(청소년은 소중해)에 들어가 제식훈련에 대한 정보를 얻고, 연습했다면 이렇게 고통의 늪에서 허우적거리지 않을 텐데…….

캠프에 오기 전, 게시판에 제식훈련이 힘들었다는 사연이 올라오면, 그 쉬운 것도 제대로 못해 하소연하는 글쓴이를 비웃곤 했었다.

쉬는 시간이었다. 빼빼로가 제자리로 돌아와 어깨를 비틀며 스트레칭을 했다.

"교관들이 진짜 군인처럼 빡빡하게 굴어서 짜증 나! 공익 근무 요원 출신 아닐까?"

나는 바닥에 침을 뱉으며 말했다. 세계 최고 특공대처럼 우쭐대는 교관들이 아니꼬웠다.

"교관 욕하지 말고 훈련에 집중해라. 너 발치냐? 왜 그렇게 발을 못 맞춰!"

빼빼로가 팔짱을 끼고 나를 내려다보았다.

발치가 음치, 길치, 몸치와 같은 부류라는 것을 바로 알아채지 못한다면 정말 고문관이었다.

칭찬받았다고 나대는 꼴이 재수 없어 녀석의 뒤통수를 후려갈기고 싶었다. 게다가 고문관이라고 놀린 것까지 떠올라 주먹에 힘을 주며 빼빼로를 노려보았다. 훈련 동안 쌓인 스트레스로 인해 폭발 직전이었다.

"무시해! 저 새끼 8반 왕따야. 입만 열면 잘난 척, 아는 척하는 완전 또라이야!"

다른 녀석이 내 어깨를 다독거렸다. 그래도 참을 수 없어 인간 빼빼로에게 주먹을 날리려는 순간, 날카로운 못으로 철판 긁는 것 같은 소리가 연병장에 퍼졌다. 교관이 스피커에 마이크를 연결하고 있었다.

"전체 훈련병, 즉시 운동장에 집합!"

빼빼로가 긴 다리로 가장 먼저 달려가 군인 정신을 보여 주었고, 그 뒤를 승리부대 아이들이 쫓아갔다. 같은 군복을 입은 학생 삼백여 명이 먼지를 일으키며 달려가는 모습을 우두커니 보고 있었다. 섬뜩했다. 철모에 번호가 없었다면 누가 누구인지 알 수 없었을 것이다.

"오와 열, 왼발!"

교관이 마이크를 잡고 구령을 붙였다.

이제는 그놈의 '오와 열' 소리만 들어도 등줄기가 서늘하고 가슴이 급하게 뛰었다. 삼백 명이 일사분란하게 움직이면 사소한 실수는 보이지 않을 것 같았다. 그런 생각이 들자 긴장이 풀려 마음이 느긋해졌다. 아이들은 구령 소리가 없어도 기계처럼 똑같이 움직였다. 이번에는 발걸음이 꼬이지 않아 뒤에 있는 녀석이 짜증을 내지 않았다.

교관이 마이크를 잡았다.

"충성부대 43번, 12번, 승리부대 18번, 53번 훈련병은 구령대로 올라오십시오."

아이들이 안타까운 눈빛으로 나를 바라보았다. 다리가 후들거렸지만 정신을 차렸다.

발치가 쓰러지기까지 하면 모자란 녀석이라는 낙인까지 찍힌다. 나는 분명히 한 번도 틀리지 않았다. 교관이 번호를 잘못 보았을 것이다. 장난스럽게 웃으며 철모 끈을 단단하게 조이고 구령대로 뛰어갔다.

열 명이 구령대에 나란히 섰다.

"이 훈련병들은 사람이 아니라 로봇입니다. 왼발을 내디딜 때는 오른팔을 흔들어야 정상이죠!"

교관이 왼발을 내디디며 왼팔을 흔들었다.

아이들은 개그 프로를 보는 것처럼 웃어 댔고 그럴수록 입안에 쓴맛이 감돌았다. 왼발에만 집중하느라 팔을 신경 쓰지 못했다.

나는 진짜 구제불능 발치, 고문관, 비정상이었다.

"식사 후에 다시 점검할 겁니다. 훈련을 통과한 부대에는 초코파이와 우유를 쏘겠습니다."

교관은 체험 활동비에 포함된 간식으로 생색을 냈다.

초코파이가 나를 압박했다. 내 실수로 승리부대만 낙오하면 아이들은 초코파이와 우유를 먹지 못한다. 그러면 분풀이의 표적이 될 테고 학교에서도 왕따가 될지 모른다.

"18번 훈련병을 특별 훈련시킬 학생 있습니까?"

교관이 물었다. 빼빼로가 손을 들어 존재감을 드러냈다.

최악이었지만 녀석을 거부할 자격이 없었다. 머리가 뜨거워 철모를 벗었다. 철모 속이 눅눅했고 머리에 땀이 흘렀다.

저녁 식사를 했다. 식도 한가운데 초코파이 덩어리가 걸린 것 같아 밥이 넘어가지 않았다.

'왼발! 왼발!' 구령과 호루라기 소리가 귓가에 맴돌아 정신이 산만했다. 물을 발칵발칵 마셨다. 빼빼로는 김치 국물까지 숟가락으로 떠 맛나게 먹더니 내 반찬에도 손을 댔다.

식사를 끝내고 연병장으로 향했다. 사방이 차츰 어두워졌고 가을바람이 쌀쌀해 군복 옷깃을 여몄다. 바람에서 습기가 느껴졌다.

"발치! 나를 잘 따라 해야 왕따 안 당할 거야. 머리 잘 굴려라."

녀석은 큰 몸짓으로 동작을 가르쳤다. 작게 말하라고 애원하듯 부탁했지만 듣지 않았다.

왼발을 내디디며 자연스레 오른팔을 흔들었다. 그런데 팔에 집중하다보니 또 발걸음이 꼬였다. 머리로는 정확히 알고 있었지만 몸이 따라오지 않았다. 발치가 아니라 심각한 몸치였다.

"왜 이렇게 발을 못 맞춰? 일부러 튀려는 거야?"

"뭐? 튀려고 환장한 사람은 바로 너야. 얼굴에 바른 위장 크림 제발 지워라."

다른 부대 발치들은 웃으며 연습했지만 우리는 처음부터 삐거덕거렸다. 이러다가 나 혼자 발치로 남을 것 같은 불안감이 엄습해 녀석이 하는 말을 묵묵히 견뎠다.

집에 돌아가면 청소중 게시판에 병영 체험 캠프에서 고문관이 되지 않는 방법을 공유해야겠다.

잠깐 다른 생각을 하다가 좌향좌를 틀렸다.

"왼쪽, 오른쪽을 구분 못 해? 그 방향 감각으로 험한 세상 어떻게 살아가려고 그러냐?"

녀석이 혀를 차며 기지개를 켰다.

"입 닥쳐, 이 새끼야! 발 못 맞춘다고 세상 망하지 않아."

주먹이 올라갔지만 겨우 참고 자리를 옮겼다. 캠프에서 싸우면 수행 평가 최하점을 받게 된다.

나는 다른 부대 발치들 뒤에 서서 부지런히 연습했다. 우리는 똑같은 속도, 똑같은 방향으로 걸어가려고 이를 악물었다.

왜 모두 같은 발을 내디디며 걸어야 할까?

지금까지 발이 맞지 않아서 손해 본 적도 없고 남에게 해를 끼친 적도 없다.

생각이 꼬리를 물고 이어졌지만 주먹으로 머리를 쥐어박았다. 쓸데 없는 생각은 전혀 도움이 되지 않는다. 지금은 오로지 다른 사람과 똑같이 걸어야 한다. 그것만이 나를 구원하는 길이다.

십 분 뒤, 연병장에 집합했다. 두 손을 맞잡고 꼭 통과하게 해 달라고 간절히 기도했다.

교관의 구령에 맞춰 삼백 명이 똑같이 움직였다. 제식훈련 기계 버튼을 누르자 장난감 병정들이 움직이는 것 같았다.

구령에 집중하며 빠르게 머리를 굴리고 몸을 움직였다. 빼빼로의 도움 없이도 잘할 수 있다는 것을, 고문관이 아니라는 것을 보여 주고 싶었다.

드디어 끝났다. 특별 훈련의 효과가 있어서 한 번도 틀리지 않았다. 왕따를 당하지 않겠다는 오기가 큰 힘을 발휘했을 것이다. 승리부대는 초코파이와 우유를 먹을 수 있었다! 집에서는 거들떠보지도 않던 초코파이를 받는 순간 긴장이 풀리며 오줌이 마려웠다.

화장실에 다녀온 뒤 초코파이 봉지를 뜯었다. 달콤한 초콜릿 냄새에 침이 고였다. 혀가 초코파이의 단맛을 느꼈고, 이어서 식도로 내려갈 때 목이 메어 울컥했다. 눈물 젖은 초코파이 맛을 평생 잊을 수 없을 것이다. 달콤하면서도 슬픈, 너무 잔인한 맛이었다.

군인들이 초코파이를 좋아하는 까닭을 알게 되었다. 초코파이를 맛나게 먹으며 군화를 벗었다. 뒤꿈치의 상처는 더 커졌고, 물집이 잡혀 그 둘레로 피와 먼지가 엉겨 붙었다.

점심을 먹을 때부터 비가 내렸다. 연병장의 먼지가 가라앉았다. 빗소리가 경쾌했다. 연병장으로 관광버스가 줄 지어 들어왔다. 이십사 시간 동안의 끔찍한 병영 체험을 무사히 마치고 전역하는 순간이었다. 버스에 오르자마자 창문에 기대 잠을 청했다.

세 시간은 금방 지나갔다. 버스가 학교 운동장에 도착했다. 정신을 차리고 버스에서 내려 부리나케 달렸다. 다시는 병영 체험과 인연을 맺고 싶지 않았다. 오싹한 공포, 지옥 체험이었다.

우산이 없어서 비를 맞았지만 오히려 홀가분했다. 어제의 암울한 기억이 비에 씻겨 내려갔다.

군복무를 마치고 전역하면 이런 기분일까?

다른 사람과 똑같이 걷지 않아도 된다는 것이 가장 좋았다. 뛰다가 지치면 천천히 걸었다. 왼발이든 오른발이든 상관없었다. 운동화 뒤축을 구겨 신어서 뒤꿈치의 통증도 가라앉았다.

아파트 입구로 들어갔다. 병영 체험을 끝낸, 장한 아들을 기다리던 엄마가 맨발로 달려 나오는 장면을 떠올리며 승강기에서 내려 현관문을 열었다.

거실에 불을 켜지 않아 집 안이 어두웠다. 엄마는 팔짱을 끼고 소파에 앉아 있었고, 옆에 누나가 서 있었다. 손등으로 눈물을 훔치는 누나의 얼굴 위로 짙은 그림자가 내려앉았다.

"엄마 아빠 체면을 생각해서라도 전문대학은 절대 안 돼. 다른 사람들이 흉봐!"

엄마의 목소리가 날카로웠다.

누나는 대학 수시 모집에 모두 떨어졌다. 모의고사 점수가 좋지 않아 수시 모집 합격만이 대학에 진학하는 유일한 방법이었다. 엄마는 누나를 입학사정관 전형으로 합격시키려고 전문가에게 50만 원을 주고 자기소개서 작성을 부탁했고, 지인의 블로그를 누나가 운영했다고 적었다. 누나는 순식간에 학생 파워 블로거가 되었다.

거실에 감도는 팽팽한 긴장감에 어깨가 뻐근했다.

"왜 명문대에 가야 하는지 늘 말했잖아. 회사 다닐 때, 사람들한테 출신 대학을 말하면 분위기가 갑자기 싸늘해지곤 했어. 나한테 중요한 일을 맡겨도 되는지 걱정하는 클라이언트도 있었지."

엄마는 가정 형편이 좋지 않아 사 년 장학금을 주는 지방 국립대에 입학했고, 지방 우수 인재 특별 모집으로 대기업에 입사했다. 열심히 노력해서 실력을 인정받았지만, 엄마 앞에는 보이지 않는 벽이 있었다고 한다.

명문대를 졸업한 동료들끼리 자주 모였고, 상사들도 대학 후배들을 살뜰하게 챙겼다. 그들이 먼저 승진하는 것은 당연한 일이었다. 엄마는 회사 일하랴, 자식 키우랴 바쁜데도 시간을 쪼개 명문대 대학원에 입학했다. 하지만 지방대 출신을 동문으로 인정해 주는 사람은 드물었다고 한다. 점심시간에 병원에 가서 영양제 주사를 맞으며 독하게 일했지만 엄마는 서른아홉 살에 희망 퇴직자 명단에 올랐고, 지금은 가정주부로 살고 있다.

"괜찮은 대학을 나왔으면 부장까지 승진할 자신 있었어. 나처럼 후회하면서 살고 싶어?"

엄마가 누나에게 물었다.

샤워를 하고 방에 들어갔다. 의자 위에 발을 올려놓고 뒤꿈치를 살펴보았다. 투명하게 부풀어 오른 물집을 터트렸다. 진물이 흘렀다. 휴지로 상처를 닦고 연고를 발랐다.

이 상처에 관해 이야기를 하고 싶어 휴대전화로 인터넷에 접속해 청소중 커뮤니티 수다게시판에 병영 체험에 대한 글을 남겼다. 우리 학교 녀석들이 눈치채는 것이 싫어 고등학교 2학년이고, 2박 3일 동안 훈련을 받았다고 둘러댔다.

제식훈련에서 고문관이 된 사연을 써 내려가는데, 교관들의 매서운 눈동자가 떠올라 속에서 열불이 치밀어 올랐다. 다른 아이들이 남긴 사연을 읽으며 위로받고 싶어 검색창에 제식훈련을 입력했다. 50개가 넘는 게시물들이 최근 순서대로 올라왔다.

예상보다 많은 녀석들이 제식훈련을 받으며 망신을 당했다고 하소연했다. 나만 치욕을 당한 게 아니라 안심이 되었다. 그중에서 중학교 3학년 때 훈련을 받은, 닉네임 돌머리가 올린 사연이 가장 안타까웠다.

〈제식훈련을 할 때, 실수를 너무 많이 해서 친구들이 단체 기합을 받았다. 고문관이라고 욕하며 노려보는 아이들의 눈빛이 너무 무서웠다. 특히 고문관, 발병신이라고 놀리며 때리는 녀석도 있었다. 원래 은따였는데 그 이후 전교 왕따가 되었다.〉

짧은 문장 곳곳에서 돌머리의 한숨이 들리는 것 같았다.

어제 나도 실수를 했다면 저 녀석과 같은 신세가 되었을 텐데……

상상만 해도 손이 떨리고 팔에 닭살이 돋았다.

어젯밤 아이들이 장난을 쳐 잠을 푹 잘 수 없었다. 피곤해 침대에 누웠다. 침대 패드에 스친 뒤꿈치가 쓰라려 엎드려 있었다.

그사이 창밖으로 어둠이 깔렸다. 반복적으로 창문을 두드리는 빗방울 소리가 자장가처럼 들렸다. 정신이 몽롱해지며 설핏 잠에 빠지려는 순간, 누나의 고함 소리가 들렸다.

"싫어! 왜 다른 사람 눈치를 봐야 해? 일러스트로 특화된 전문대학에서 열심히 배워서 그림책 작가가 될 거야. 잘할 자신 있으니까 믿어 줘."

"왜 고집을 부려! 재수해서 미술로 유명한 대학에 가면 되잖아. 더 욕심 내면 유학도 보내 줄 수 있어. 유한이도 전문대학에 다니는 누나가 창피할 거야."

다그치는 엄마의 말투가 교관들과 비슷했다. 이어서 호루라기 소리가 들릴 것 같아 양손으로 귀를 막았다. 훈련을 받을 때는 간절하게 집에 가고 싶었다. 하지만 집도 훈련장과 크게 다르지 않았다. 누나는 계속해서 엄마를 설득했다. 누나의 마음을 이해하기 어려웠다.

집안 형편이 어려운 것도 아닌데 왜 전문대학을 선택했을까?

올해 고등학교에 입학해, 적응하느리 바빠 누나와 오붓하게 이야기를 나눠 본 적이 없었다.

누나가 전문대에 다닌다고 말하면 친구들이 무시하는 눈빛으로 볼 텐데. 차라리 명문대 지방 캠퍼스에 가면 어떨까?

누나가 좋은 대학에 들어가지 못하면 엄마는 내 성적에 더 관심을 보일 테고, 공부의 압박이 심해질 것이다. 그런 까닭에 여러 사람을 위해 누나는 재수를 해서라도 좋은 대학에 가야 한다.

방문을 열고 나가 내 뜻을 보태고 싶었지만 그럴 분위기가 아니었다. 현관문이 세게 닫히는 소리가 들렸다. 창문을 열고 아래를 내려다보았다. 목덜미로 굵은 빗방울이 떨어졌다.

잠시 뒤, 누나가 우산도 쓰지 않고 아파트 단지 밖으로 걸어갔다. 누나의 축 처진 어깨와 힘없는 걸음이 어제 연병장 한가운데 서서 당황하던 내 모습과 비슷할 것 같았다. 비바람이 더 거세졌다. 누나에게 전화를 했지만 받지 않아 문자메시지로 내 뜻을 전하고 싶었다.

누나를 위해서 엄마가 재수하라고 말하는 거야. 힘내!

문자 발송 버튼을 누를 수 없었다.

비가 그쳐 바람이 쌀쌀한 아침이었다. 차가운 공기가 신선했다.

멀리 우리 학교와 누나가 다니는 여고가 보였다. 고작 이틀 빠졌을 뿐인데 학교가 낯설었다. 이어폰을 끼고 음악을 들으며 천천히 걸었다. 우리 학교 아이들 사이로 여고 아이들이 지나갔다. 어젯밤 늦게 돌아온 누나는 비를 맞아 감기에 걸렸다. 마지막 모의고사를 보는 날이라 결석할 수 없어 약을 먹고 학교에 갔다.

횡단보도 앞에 서서 신호등이 바뀌기를 기다리고 있었다. 편의점에서 누나가 나왔다. 캔 커피를 양손으로 잡고 있었다.

"몸은 괜찮아?"

"곧 수능이잖아. 잘 버텨야지!"

누나가 기침을 했다.

"대학 결정했어?"

"전문대에서 일러스트 배워서 그림책을 내고 싶어. 유명한 일러스트 선생님 동영상 강의를 들었는데, 그 분야는 학벌이 중요하지 않고 오로지 실력이래. 응원해 줄 거지?"

누나가 내 손을 잡았다. 그림 스케치를 많이 해서 누나의 손가락 마디에 굳은살이 박였다.

"열심히 하면 잘될 거야."

누나의 눈을 피해 휴대전화를 들여다보았다.

"넌 무슨 과 지망할 거야? 바빠서 너랑 이야기 할 틈도 없었어. 미안해."

"엄마가 우리보다 대학 정보에 더 빠삭하니까 좋은 길을 말해 줄 거야. 그러니까 누나도 엄마가 하는 말……."

"난 네가 뭘 하든 응원할 거야."

누나가 쓸쓸하게 웃더니 횡단보도를 건넜다.

누나의 뒷모습을 지켜보았다. 누나는 어떻게 자신의 꿈을 확실하게 정했는지 궁금했다. 내 꿈이 무엇인지 생각해 보았지만 또렷하게 떠오르는 것이 없었다. 청소중 게시판에 올라온 사연을 보면 문과 남학생들은 법대나 경영학과를 많이 지망했다.

아마 나도 그렇게 할 것이다. 대학 졸업 이후에는 무슨 직업을 가져야 할까?

돌이켜보니 내가 무엇을 좋아하는지, 무엇을 하고 싶은지 고민해 본 적이 없었다.

아이들이 학교 쪽으로 뛰어가고 있었다. 휴대전화를 보았다. 삼 분이 지나면 지각이라 머뭇거릴 여유 없이 뛰었다. 아이들은 같은 교복을 입고, 비슷한 운동화를 신은 채 똑같은 방향으로 달려가고 있었다.

무심코 아이들의 발을 보았다. 발을 맞추며 달려야 할 것 같은 강박증이 생겼다. 고작 몇 시간 훈련을 받았을 뿐인데 효과는 강력했다. 갑자기 오른쪽 발뒤꿈치가 아팠다.

운동화 뒤축을 구겨 신고 더 빠르게 달리다가 앞사람과 부딪혔다. 운동화가 벗겨지면서 몸이 앞으로 꼬꾸라졌다. 시간이 없었다. 얼른 운동화를 주워 신고 달려야 한다는 생각뿐이었다. 뒤쪽으로 몸을 돌려 운동화를 찾았다. 누군가 운동화를 집어 건네주었다. 명찰에 '정형석'이라고 적혀 있었다. 고맙다고 말할까 망설이는 사이, 녀석은 긴 다리로 성큼성큼 뛰어 교문으로 들어갔다. 뒷모습이 영락없는 타조였다.

조금 지나자 호루라기 소리가 들렸다. 전속력으로 달리고 무단 횡단을 한 덕분에 지각을 면했다. 교문 옆에 가방을 내려놓고 재킷을 벗었다. 땀에 젖은 셔츠가 등판에 딱 붙어서 후터분했다. 빼빼로는 벌써 화단을 지나 중앙 현관으로 들어가고 있었다. 명찰 검사를 하지 않는데도 명찰까지 달았고 머리도 짧았다. 너무 모범생 같아서 도리어 날라리보다 더 튀었다.

점심을 먹고 복도 창문에 기대어 축구를 구경했다. 득점할 기회를 놓치고도 웃는 놈들이 답답해 창문을 닫고 교실로 걸어갔다.

발이 아프지 않았다면 내가 공격을 맡았을 텐데!

1학년 교무실을 지나 8반 앞을 걸었다. 8반에는 책상에 엎드린 녀석들이 많았다. 같은 동아리에서 활동하는 녀석에게 다가갔다.

"축구하러 안 갔어?"

"한 놈 때문에 완전 개고생해서 다들 힘이 없어."

녀석이 4교시에 있었던 일을 말하면서 눈을 부라렸다.

사회 수행평가 마감 일이었지만 병영 체험을 다녀온 다음 날이라 대부분이 하지 않았다. 누군가 수행평가 마감이 다음 주였다고 선수를 쳤고, 자연스럽게 거짓말을 하는 상황이었다. 마침 선생님도 며칠 동안 출장을 다녀와 정신이 없어서 정확한 날짜를 기억하지 못했다. 그렇게 안도의 한숨을 내쉴 때, 눈치 없는 빼빼로가 입을 열었다. 수행평가 마감이라고 말하면서 과제물을 제출한 것이다. 선생님은 화를 내며 운동장 구보를 시켰다. 학교에서 가장 까칠한 선생님이 폭발했으니 참담한 결과는 당연한 일이었다.

녀석이 빼빼로 이름을 들먹일 때마다 다른 아이들이 릴레이로 쌍욕을 퍼부었다. 제식훈련이 떠올라 나도 맞장구를 쳤다. 빼빼로는 교실에 없었다. 지금 교실에 앉아 있다면 제정신이 아니거나 진짜 고문관이다.

선생님이 수행평가를 더 꼼꼼하게 검사할 거라고 녀석이 귀띔했다. 우리 반은 월요일에 수행평가를 제출해야 한다. 친구 과제를 베끼다 걸리면 된통 혼날 것 같아 미리 준비해야 했다.

교실에 가도 할 일이 없어 곧장 도서실에 갔다. 사회 관련 책을 찾으려고 두리번거리다 구석에 앉아 있는 빼빼로를 보았다.

녀석은 샤프를 만지작거리며 책을 읽었다. 가뜩이나 칙칙한 녀석이 창문과 떨어진 자리에 앉아 있어서 얼굴이 더 시커멓게 보였다. 아무 일도 없다는 듯이 여유롭게 책을 읽는 빼빼로. 속마음을 알 수 없는 녀석이었다.

도서실에는 책이 너무 많았고, 평소에 찾지 않던 공간이라 낯설고 어수선했다. 수행평가 주제를 곱씹어 보았지만 문제의식이라는 단어가 너무 어려워 머리가 복잡했다.

한국현대사 코너를 훑어보다가 맨 아래쪽에 있는 책을 꺼내려고 고개를 숙였다. 과제와 관련 없는 책이었다. 그사이에 빼빼로가 읽던 책을 반납대에 놓고 나갔다. 수행평가와 관련된 책일 것 같아 그 책을 집었다.

『인간관계 소통 노하우』라는 범상치 않은 제목의 책이었다. 수행평가와 관련 없지만 어떤 내용인지 호기심이 생겨 페이지를 넘겼다. 샤프로 밑줄을 친 문장들이 눈에 들어왔다.

〈우리나라에서는 사람과의 관계가 좋아야 성공할 수 있다. 친구가 없다면 자신의 삶을 돌아보고 반성해라. 주변 사람들과 친해지기 위해서는 그들과 비슷해져야 한다.)

몇 페이지를 더 넘겼다. 누구나 아는 식상한 내용을 책까지 읽으며 공부하는 사람이 있었으니, 빼빼로였다.

집에 돌아와 컴퓨터 앞에 앉아 청소중 커뮤니티에 들어가 과제방 메뉴를 클릭했다. 다른 학교 학생들도 비슷한 과제 때문에 골머리를 앓고 있을지 모른다.

가끔 과제에 대한 정보와 자료를 공유하는 착한 녀석들이 있었다. 검색어에 수행평가 주제를 입력했지만 자료가 없었다. 어려운 과제를 내 준 선생님을 욕하며 머리를 굴렸지만 쉽게 답이 나오지 않았다.

머리를 식힐 겸 버릇처럼 수다게시판을 클릭해 오늘 올라온 글들을 보았다. 작성자 바른맨이 올린 '생일 파티에 올 친구를 찾아요!'라는 글이 조회 수가 가장 높고 댓글이 많이 달렸다.

〈미국에 사는 할머니가 오랜만에 한국에 왔어요. 하나밖에 없는 손자 생일을 꼭 챙겨 주시겠다며 호텔 뷔페를 예약했고, 친구들에게 줄 선물도 샀어요. 그런데 초대할 친구가 없어요. 혹시 친구처럼 와서 뷔페도 먹고 선물도 받아 갈 사람 없어요? 선착순 다섯 명! 올 사람은 쪽지 보내 주세요.〉

댓글이 많이 달린 까닭이 있었다. 작성자가 어떤 마음으로 이 글을 남겼을지 알 것 같았다.

장소는 전철로 한 시간 정도 걸리는 호텔이었다. 근처에 놀이공원이 있어 방학 때마다 친구들과 놀러 가 익숙한 곳이었다.

'차비는 안 줘요?'라는 댓글에 '만 원 드릴게요!'라고 바른맨이 바로 남겼다. 뷔페도 먹고 선물과 차비도 챙기고, 그 돈으로 피시방에서 게임까지 즐기면 일석 삼조였다.

수행평가를 일찍 끝내면 충분히 갈 수 있었다. 친구와 같이 가도 된다면 무조건 필참이었다. 쪽지로 질문을 남겼더니 몇 분 뒤에 답장이 왔다.

전화로 자세한 이야기를 하고 싶다며 전화번호를 알려 주었고, 모든 일은 비밀로 해야 한다고 신신당부했다. 낯선 사람과 통화하는 것보다 카카오톡 메시지로 이야기하는 것이 편했다.

전화기에 번호를 저장하고 카카오톡 어플을 선택했다. 친구 목록에 녀석의 프로필이 올라왔다. 사진을 클릭했다. 옆모습만 찍은 사진이라 얼굴이 선명하지 않았다. 그런데 배경이 낯익어 사진을 계속 들여다보았다. 어렴풋하게 떠오른 곳은 우리 학교 정원이었다. 사진을 확대해서 살펴보다가 의자에서 벌떡 일어났다. 깊은숨을 내쉬고 다시 사진을 보았다. 빼빼로가 확실했다.

커뮤니티 검색창에 닉네임 바른맨을 입력하고 클릭했다. 녀석이 지금까지 남긴 글이 날짜 순대로 떴다. 지난해까지 사용한 닉네임은 돌머리였다. 닉네임이 낯설지 않았다. 게시물 목록을 차근차근 살펴보다 제식훈련에 관한 글을 발견했다. 그 글을 천천히 읽다가 의자에 등을 기대고 눈을 감았다.

한숨이 나왔다. 그 글은 어제 나에게 큰 위로를 준 안타까운 사연이었다. 연병장에서 녀석이 했던 말들이 오롯이 떠올랐다. 그 말에 담긴 깊은 의미를 충분히 헤아릴 수 있었다.

지난해, 제식훈련을 끝내고 쏟아지는 비난을 녀석은 어떻게 견뎠을까…….

고문관이라고 나를 놀린 사람은 녀석이 아니었을 것이다.

'생일 파티에 올 친구를 찾아요!' 게시물에 댓글이 계속해서 달렸다.

'친구 없이 오붓하게 가족들끼리 보내면 되잖아요.'라는 댓글에 '부모님이 친구들이 많이 와야 한다고 압박해요.'라고 빼빼로가 글을 남겼다.

'왕따는 아닌데 저도 친구가 거의 없어요. 사람들은 친구가 없는 저를 이상하게 생각해요. 혼자 지낼 자유도 없어요.ㅠㅠ' 누군가 자신의 고민을 풀어 놓았고 응원의 글이 길게 이어졌다.

'같은 학교 아이들을 만나면 어쩌려고 이런 글을 남겼어요?' 이 질문에 빼빼로는 침묵을 지켰다.

댓글을 더 이상 읽고 싶지 않아 인터넷 창을 닫았다. 제식훈련이 떠올랐다. 호루라기 소리도 들리고, 아이들의 비웃음도 잊을 수 없었다. 창문을 열었다. 산에 어스름이 내려앉았다.

횡단보도를 건너 아파트 단지로 들어오는 누나가 보였다. 교관을 닮은 엄마의 강압적인 말투에도 굴하지 않던 누나. 누나의 걸음이 너무 느려서 맨 끝에 있는 우리 집까지 오려면 꽤 걸릴 것이다. 누나와 함께 걷고 싶은 날이었다.

생일 축하하고 꼭 참석하겠음.

삐삐로에게 문자를 보냈다.

누나가 아파트 단지 중간까지 걸어왔다. 사방이 푸르스름한 빛에 물들며 하루가 조용히 저물고 있었다. 서둘러 현관으로 나가 운동화를 신었다.

발뒤꿈치에 난 상처에 딱지가 앉았다. 녀석의 생일 파티에 갈 때는 운동화 뒤축을 구겨 신지 않아도 될 것이다.

쪽지 두 장

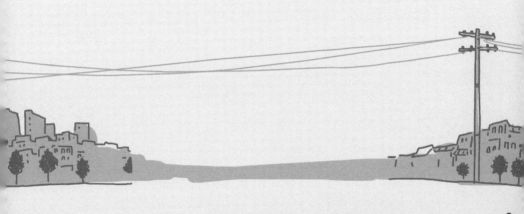

체육 시간이었다.

선생님은 중요한 공문을 처리한다며 체육 부장에게 축구 드리블 연습을 맡기고 교무실로 들어갔다. 이십 분 남짓 연습하다가 싫증을 느낀 녀석들은 축구를, 여자아이들은 피구를 했다.

5월 중순이지만 며칠 동안 한여름 날씨가 이어졌다. 따가운 햇볕에 목덜미가 화끈거렸고, 후텁지근한 바람과 운동장에서 올라오는 뜨거운 기운에 땀이 흘렀다. 나는 나무 그늘에 혼자 서 있었다.

"하수도! 볼보이 해라!"

누군가 소리쳤다.

중학교 1학년 때 붙은 하수도라는 별명. 3학년이 되자 '하수찬'이라는 이름을 어색해하는 녀석이 더 많았다. 축구공을 노려보며 골대 뒤에 서성거렸다.

어떻게 해야 축구와의 악연을 끊을 수 있을까?

아무리 고민해도 명쾌한 답이 나오지 않았다.

우리 반에서 가장 키 큰 녀석이 힘껏 공을 찼다. 공은 포물선을 그리며 큰길로 날아갔다. 공을 잃어버려 체육 부장한테 얻어터지는 것보다 똑같은 공을 다시 사 와야 하는 게 억울해 부리나케 담을 넘어 공을 쫓았다. 다행히도 차들이 신호를 기다리며 횡단보도 앞에 멈춰 있었다. 중앙선으로 뛰어가 공을 잡고 일어설 때, 유턴을 한 차가 달려오다가 급브레이크를 밟았다. 운전자가 삿대질을 했고 나는 움츠린 채 쩔쩔맸다. 아이들은 나를 비웃었다.

축구와의 악연은 1학년 체육대회 때부터 시작되었다. 우리 반은 축구 결승전에 진출했고, 내친김에 우승까지 기대하며 응원 열기가 뜨거웠다. 그런데 체육대회 날, 축구를 잘하는 녀석이 배탈이 나서 결석을 했고 그렇게 비극이 시작되었다.

남자 스무 명 중에 몸이 불편한 녀석을 빼고, 여러 가지 이유로 실력 없는 나도 출전하게 된 것이다. 그때 발목을 접질렀다고 둘러대며 아픈 시늉을 해서라도 꿋꿋하게 응원석을 지켜야 했다. 들뜬 분위기에 취해 상황을 냉정하게 바라보지 못한 책임은 나한테 있다.

결승전이 시작되고 큰 문제없이 전반전이 끝났다. 사건은 후반전에 벌어졌다. 여자아이들의 응원 소리가 커질수록 골을 멋지게 넣고 싶다는 몹쓸 욕심이 부풀어 올라 적극적으로 공격했다. 하지만 서서히 체력이 방전되기 시작하더니 중요한 다이밍에 헛발질을 하거나 넘어섰다. 무엇보다 우리 팀에게 빠르게 패스해야 할 때, 내가 슛을 하려고 눈치를 보다가 공을 상대팀에게 빼앗겨 득점으로 이어지는 기회를 두 번이나 내주었다.

녀석들이 욕을 퍼부었고 그럴수록 몸이 뻣뻣하게 굳어 잦은 실수를 했다. 자살골을 넣지 않았을 뿐이지 우리 팀의 엑스맨이 되고 말았다. 결국 5 대 1이라는 굴욕적인 점수로 결승전이 끝났고, 화장실에서 아이들에게 둘러싸여 얻어터졌다. 공부도 못하고 성격도 야무지지 못해 그날 이후, 지금까지 무시당하며 살고 있다.

수업이 끝났다.

"하수도! 축구공 챙겨서 체육 도구실에 넣고 문 잠가라."

체육 부장이 열쇠를 던졌다. 열쇠를 받으려고 재빨리 뛰어갔지만 바닥에 떨어진 뒤였다.

축구공 아홉 개를 챙겼다. 마지막 하나는 멀리 떨어진 농구장 옆에 있었다. 전속력을 다해 달렸다. 발이 화끈거리고 뿌연 먼지가 입으로 들어와 침을 뱉었다.

그때 농구장 옆 나무 그늘에서 줄넘기를 하던 여자아이가 슬리퍼를 신은 채 축구공을 세게 찼다. 살며시 고개 숙여 인사를 하고 축구공의 방향을 지켜보았다. 축구공은 정반대 편인 왼쪽으로 날아가 버렸고 내 앞으로는 뒤축이 낡은 슬리퍼가 떨어졌다.

여자아이가 깨금발로 슬리퍼를 주우러 다가왔다. 역시 나를 도와주는 사람은 이 학교에 아무도 없었다. 축구공을 차듯 슬리퍼를 뻥 차고 싶었지만 꾹 참았다. 축구도 못하는 주제에 여자아이의 슛 실력을 탓할 수 없었다. 슬리퍼를 들고 여자아이 곁으로 달려갔다.

"쏘리! 도와주고 싶었는데…… 운동화를 신지 않고 공을 차서 방향을 잘못 잡았어."

여자아이의 경쾌한 목소리가 귀에 거슬렸다. 일부러 공을 왼쪽으로 찬 것은 아닐까 하는 의심이 들었다.

여자아이는 체육복 상의 대신 티셔츠를 입고 있었다. 명찰이 없어 이름은 모르지만 복도에서 몇 번 마주친 적 있는, 같은 학년 아이였다. 머리를 짧게 잘라 목덜미가 드러났고 눈매가 강해 야무져 보였다. 길이와 통을 줄이지 않은 펑퍼짐한 치마 속에 입은 체육복 바지를 보니 얼마나 활달하게 노는지 알 것 같았다. 각선미 없는 다리를 숨기기 위한 그 옷차림을 남자아이들은 싫어했다.

공을 챙겨 체육 도구실에 넣고 문을 잠갔다. 코가 답답해 손으로 코를 풀고 옷에 닦으려는데 체육 부장이 보였다. 녀석은 나무 그늘에 앉아 콜라를 마시고 있었다. 축구공으로 녀석의 정수리를 정확하게 맞히고 싶었지만 상상 속에서나 가능했다. 손에 묻은 콧물에 코딱지가 섞여 있었다. 코딱지를 열쇠에 묻히고 녀석에게 건넸다.

1층 복도, 정수기 근처는 물을 마시려는 아이들로 시끄러웠다. 시계를 보며 차례를 기다리고 있을 때, 맞은편 교장실 문이 열렸다. 교장은 축 늘어진 턱살과 위로 올라간 눈꼬리, 자글자글한 입가의 주름 때문에 별명이 까칠한 불도그였다.

불도그가 정수기 쪽으로 걸어와 벽에 걸린 쪽지함을 살폈다. 늘 같은 자리에 걸려 있어 언제부턴가 눈여겨보지 않는 집 모양의 아기자기

한 쪽지함. 아이들은 껌 종이와 편의점에서 받은 영수증을 넣는 쓰레기통으로 여겼다.

입학식 날, 고민이 있으면 쪽지함에 쪽지를 넣으라고 불도그가 어울리지 않게 인자한 얼굴로 말했지만 교장과 상담을 했다는 이야기를 아직까지 듣지 못했다. 찌질한 삶에서 벗어나고 싶다고 상담을 신청하고 싶지만 자칫 소문이 나면 학교생활은 걷잡을 수 없게 꼬일 것이다.

불도그가 열쇠로 쪽지함 자물쇠를 열었다. 자잘한 쓰레기들 사이에서 잘 접힌 쪽지를 꺼내 읽더니 실성한 사람마냥 느닷없이 큰소리로 웃어 댔다.

종례가 끝나 가방을 챙기고 있었다. 담임이 걸어왔다.

"교장 선생님이 교장실로 오라고 하셨어."

"네? 무슨 일로……"

"무슨 일인지는 모르겠지만, 나쁜 일이면 먼저 나한테 이야기하셨을 테니까 걱정하지 마."

초등학교를 거쳐 중학교 3학년이 될 때까지 교장과 얼굴을 맞대고 이야기를 나눠 본 적이 없었다.

왜 나를 만나려고 할까? 몇 달째 밀린 급식비 때문일까?

회사가 문을 닫은 뒤부터 지금까지 직장을 구하지 못한 아빠의 얼굴이 어른거렸다.

도대체 무슨 일일까?

천천히 계단을 내려갔다. 생각할수록 아리송해 가슴이 답답했다. 다른 반 녀석들이 호들갑스럽게 수련회 이야기를 하며 지나가 신경이 날카로워졌다.

"반장이 단체 채팅방에 올린 수련회 일정 봤냐? 장기 자랑에 꼭 나갈 거야."

우리 반 녀석들은 어떤 계획을 세우고 있을까?

우리 반 단체 채팅방에 들어가지 못해 새로운 소식을 알지 못한다. 엄마는 요금이 비싸다며 스마트폰으로 바꾸어 주지 않았다. 아이들은 채팅방에서 수행평가 정보나 행사에 관해 이야기를 나누었고, 그럴수록 나는 외톨이가 되어 갔다.

수련회 생각에 기운이 빠졌다. 싸움 잘하는 아이들의 심부름을 하거나, 선생님이 오는지 망을 보는 일이 이제는 지긋지긋했다. 수련회 갈 때 관광버스에서 누구와 앉아야 할지 그것도 걱정이었다. 수학여행 때처럼 담임과 짝을 하고 싶지 않았다. 그때 부담임이라는 별명을 덤으로 얻었다.

1층 중앙 현관을 지났다. 교장실 팻말이 보였다. 불도그를 만나는 것이 두려웠지만 무슨 일로 불렀는지 궁금해 조바심이 났다. 심호흡을 크게 하고 문을 두드렸다. 들어오라는 소리가 들렸다.

"삼 학년 하수찬이냐? 반갑다. 수찬이처럼 아무진 녀석은 처음 보네."

불도그가 푸근하게 웃었다. 얼굴과 말투를 보니 안 좋은 일로 불려 온 것은 아니었다.

야무지다는 단어가 나와 어울리지 않아 동명이인이 있나 떠올려 보았지만 우리 학년에 하수찬은 나뿐이었다. 쭈뼛거리고 있을 때, 누군가 문을 두드렸다. 불도그가 직접 문을 열어 주었다. 운동장에서 나를 골탕 먹인 여자아이가 들어왔다. 체육복 바지 대신 교복을 입어 훨씬 여성스러웠다.

"나미오 맞지? 반가워."

불도그가 다정하게 말했다.

나미오는 나를 보며 피식 웃었다. 나미오를 힐끔힐끔 살피며 떠돌아다니는 소문을 정리했다. 나미오의 아빠는 공사장에서 일했고, 술에 취한 채 교무실에 찾아와 소란을 피웠다. 엄마는 집을 나갔고 나미오는 초등학생 때부터 왕따였다. 휴먼다큐의 주인공을 맡을 수 있는 완벽한 캐릭터였다.

"상담하고 싶어서 두 사람을 불렀어. 수찬이랑 미오는 인사 나누고."

불도그가 우리를 번갈아 보며 말했다.

그 많은 학생 중에서 왜 우리가 선택된 걸까?

"조금 전에 만났는데 또 보게 되네. 인연인가 봐."

나미오가 먼저 손을 내밀었다. 머뭇거리다가 손잡는 시늉을 했다.

'인연'이라는 단어가 '악연'처럼 들리는 까닭은 무엇일까?

인연이 되고 싶은 마음은 추호도 없었다. 나미오와 같은 공간에 있는 것만으로도 학교 공인 왕따가 된 것 같아, 누가 볼까 걱정이었다. 그리고 되바라진 성격이 싫어 가까이하고 싶지 않았다.

불도그의 차를 얻어 타고 시내에 있는 유명 피자 가게에 갔다. 창가 쪽 테이블에 나와 미오가, 맞은편에 불도그가 앉았다.

다섯 시가 조금 넘은 시간이라 손님이 별로 없었다. 불도그가 메뉴 판을 미오에게 건넸다. 미오는 기다렸다는 듯이 치즈콤비네이션 피자 를 주문했다. 음식 귀신이 붙었는지 사양하는 법을 모르는 아이였다. 아르바이트생 누나가 콜라와 샐러드 접시를 주었다.

"둘이 같이 가서 맛있는 샐러드를 가져와라."

불도그가 나를 보며 한쪽 눈을 찡긋거렸다. 더위를 먹었는지 불도그 도 제정신이 아닌 게 분명했다. 모든 것이 불편한 자리였다.

주춤거리다가 미오와 함께 샐러드바에 갔다. 미오는 집게로 과일을 집더니 눈짓으로 '먹을래?' 하고 물었다. 여자아이와 가까이에서 이야 기하는 것이 오랜만이라 익숙하지 않았다. 미오는 콧노래까지 흥얼거 리며 과일, 푸딩, 야채 들을 수북하게 담았다.

왜 하필 지금 우리가 함께 있는 걸까?

궁금증이 더 커져 체한 것처럼 속이 답답했다.

우리의 공통점은 성적이 나쁘고, 집안 형편이 어렵고, 학교 부적 응…….

안타까운 사실들만 줄줄이 떠올랐다. 비슷한 점이 많은데 이렇게 반 갑지 않은 경우도 드물 것이다.

결론을 내렸다. 객관적인 몇 가지 공통점만으로도 우리는 상담받을 자격이 충분했다. 머리가 복잡해 더 이상 생각하지 않기로 했다. 이런 상황을 알면서도 모른 체하며 열심히 샐러드 접시를 채우는 미오. 예민하지 않아 다행이다.

우리 아빠가 학교에 찾아와 소란을 피우고 안 좋은 소문이 들린다면 나는 전학을 갔을 텐데…….

접시에 샐러드가 수북하게 쌓였다. 무거울 것 같아 내가 대신 들고 테이블로 돌아왔다.

"교육청에서 긴급하게 회의를 한다고 연락이 왔네. 피자값은 계산하고 가니까 맛있게 먹어. 더 필요한 거 없어?"

불도그가 휴대전화를 주머니에 넣으며 일어났다.

"선생님! 수찬이가 콜라를 많이 마셔서 리필해야겠어요!"

미오가 불도그와 함께 계산대로 갔다. 짐짓 밝게 연기하는 것인지 타고난 넉살인지 알 수 없었다.

나와 미오만 남았다. 분위기가 어색해서 메뉴판을 계속 들여다보았다. 미오는 맨손으로 피클을 집어먹었다. 조금 지나 피자가 나왔다. 고소하면서도 매콤한 향에 침이 고였다. 엄마가 생색내며 사 주는 7,700원짜리 동네 피자와는 비교할 수 없을 만큼 빵이 두껍고 토핑이 다양했다. 미오가 피자 한 조각을 접시에 올려놓았다. 나는 고맙다고 속삭이듯 말하고, 포크를 미오에게 건넸다.

시간이 지나자 손님이 늘어났다. 대학생 커플들이 옆 테이블에 앉았다. 나란히 앉아 있는 우리가 커플처럼 보여 접시와 컵을 들고 맞은편으로 옮겨 앉았다.

"우리가 왜 같이 상담받게 된 걸까? 담임이 추천한 거겠지?"

"그런 건 중요하지 않아. 배부르게 먹자! 스파게티도 먹을래? 인터넷에서 다운 받은 쿠폰이 있어!"

미오가 지갑에서 쿠폰을 꺼내 자랑스럽게 흔들었다. 철저한 준비 정신과 알뜰함, 나름 세심함을 갖춘 주부 9단 여중생이었다. 엄마처럼 궁상맞지 않고 생기발랄해 웃음이 나왔다.

잠시 뒤, 알바생 누나가 치즈스파게티를 가져왔다. 우리는 난생처음 피자를 맛본 사람처럼 경쟁하듯 먹어 치웠다. 아는 사람이 없는지 가끔 두리번거리는 것도 잊지 않았다. 값이 비싸서 중학생이 쉽게 올 수 없는 가게라 마음이 놓였다.

미오와 데이트를 했다고 학교에 소문이 나면 전학을 가야 할 것이다. 미오는 나와 다르게 이곳의 분위기를 여유롭게 즐기고 있었다.

샐러드를 세 접시나 비우고, 리필한 콜라, 스파게티까지 해치웠더니 피자 두 조각이 남았다.

"음식 버리면 벌 받아요! 남은 피자 포장해 주세요."

미오가 너스레를 떨며 알바생 누나에게 말했다.

비닐봉지를 달라고 해서 샐러드도 챙겨 갈 아이였다. 다행히도 그런 궁상의 극치까지는 보이지 않았다. 미오는 은박지에 포장된 피자를 막무가내로 내 가방에 넣었다. 다른 사람들이 보고 있어서 더 이상 막을 수 없었다. 엄마를 뛰어넘는 투철한 아줌마 정신에 혀를 내둘렀다. 미오의 어두워 보이는 얼굴이 푸근하게 다가왔고 허세를 부리거나 새침

하지 않아 조금씩 적응이 되었다.

밖으로 나왔다. 사방이 어두워지고 있었다. 후텁지근한 바람이 잦아들어 산책하기 좋은 봄날 저녁이었다. 가방에 있는 피자의 온기가 허리로 전해져 찜질팩을 붙인 느낌이었다. 피자 냄새가 나는 것 같았다.

대범하게 팔짱을 끼고 걷는 고등학생 커플이 보였다. 나는 미오와 약간 떨어진 채 뒤에서 천천히 걸었다. 학교 친구와 둘이서 시내에 나온 것은 처음이라 기분이 묘했다. 미오가 뒤돌아보더니 걸음을 멈추고 나를 기다렸다.

정류장 의자에 나란히 앉아 버스 안내판을 살폈다.

"집이 어디야? 난 로얄백화점 뒤, 아이들이 달동네, 슬럼가라고 부르는 골목에 살아."

미오가 장난스럽게 말했다.

내가 그 골목에 살았다면 당당하게 말할 수 있을까?

"학교 옆 공원 근처에 살아. 같은 버스 타면 되겠네."

목소리가 떨려 자꾸 발음이 꼬였다.

미오는 쉬지 않고 수다를 떨었다. 사회 선생님 흉을 보고, 수행평가를 끝냈는지, 수련회 준비는 어떻게 하는지 이야기가 자연스럽게 흘러갔다. 모르는 소식을 들을 때면 더 가까이 다가가서 귀를 기울였다. 미오 곁에서 상큼한 로션 냄새가 났다. 나한테서 땀 냄새가 나면 어쩌나 걱정이 돼 조금 떨어져 앉았다. 오늘 처음 이야기를 나누고 있지만 알고 지내는 사이처럼 친근했다. 전화기를 내밀며 번호를 입력해 달라고 말하려다, 스마트폰이 아니라서 꺼낼 수 없었다.

"통화할 일이 생길지 모르니까 전화번호 입력해 줄래?"

미오가 휴대전화를 내밀었다.

할머니들이 많이 쓰는 폴더폰이었다. 전화기에 번호를 입력하고 통화 버튼을 눌렀다. 주머니 속에 있는 내 전화기가 울렸다. 미오는 언제나 자신감 넘치는 목소리로 또박또박 말했다. 훗날 아나운서가 되면 잘할 것 같았다.

이번에는 내가 말할 차례였다. 담임의 흉을 보자 미오가 하얗고 가지런한 치아를 보이며 웃었다. 그 분위기를 이어 가려는데 눈치 없이 휴대전화가 울렸다. 전화기를 꺼내 번호를 보았다. 모르는 번호라서 받지 않았지만 그것보다 이야기가 끊기는 것이 싫었다. 또 전화가 울렸다. 미오가 어서 받으라고 손짓했다.

정류장 뒤쪽으로 가서 통화 버튼을 눌렀다. 분위기 파악 못 하는 불도그였다.

"학생들하고 가까운 교장이 되고 싶었는데, 상담 신청을 해 줘서 고맙다. 데이트는 잘하고 있냐? 쪽지함에 사랑 고민을 털어놓은 녀석은 처음이라 당황했어. 고민하다가 시간 내서 자리를 마련했고, 그 사이에 껴 있으면 너무 눈치 없는 것 같아 일찍 나왔어."

불도그의 목소리에 들뜬 기분이 묻어났다. 그럴수록 마음이 싸늘하게 가라앉았고 다리가 후들거렸다. 어떤 녀석이 짓궂은 장난을 쳤다. 그것을 알아채지 못한 미련한 불도그! 우리 반 녀석들의 얼굴이 하나

둘씩 떠올랐다.

대체 어느 놈일까?

피자가 체한 듯 구역질이 올라왔다. 나 때문에 미오까지 놀림을 당하고 있었다.

전화를 끊고 정류장 쪽으로 돌아섰다. 버스가 온다고 미오가 손짓했다. 가방을 열어 피자를 꺼내 휴지통에 버렸다. 학교에서의 내 삶을 미오가 알게 될까 두려웠다.

새벽부터 내린 비는 점심시간까지 이어졌다. 습기가 가득한 공기에 몸이 무거워져 찜질방에서 낮잠을 자고 싶은 오후였다.

점심을 먹고 온 체육 부장이 사물함에서 축구공을 꺼냈다. 월드컵 공인구였다. 국가 대표 선수의 사인까지 되어 있어서 아이들이 몰려들었다.

녀석들은 뒤쪽 책상을 앞으로 밀었다. 그 자리에 의자를 놓고 앉아서 헤딩으로 공을 주고받았다. 나는 문 앞에 우두커니 서서 공이 복도로 나가지 못하도록 막아야 했다. 문에 기댄 채 아이들을 둘러보았다.

쪽지의 범인은 누구일까?

그 녀석은 내가 미오와 만났는지 궁금해하며 또 다른 장난을 준비하고 있을 것이다.

어떻게 해야 범인을 밝혀낼 수 있을까? 또 철저하게 복수하는 방법은 무엇일까?

"정신 차려, 하수도야! 축구하는 거 담임한테 걸리면 네 책임이야!"

체육 부장이 삿대질을 하며 소리를 질렀다.

축구공이 복도로 굴러갔다. 허겁지겁 공을 쫓아가다 창문 틈새로 들어온 빗물에 미끄러지며 엉덩방아를 찧었다. 아파할 겨를 없이 달려가 겨우 축구공을 잡았다.

옆 반 녀석들까지 몰려들어 미니 축구를 시작했다. 창문이 깨지면 내 탓이라고 할 것 같았다. 교실 뒤, 창문 두 쪽 중 하나를 옆으로 밀어서 겹쳐 놓았더니 깨질 확률이 반으로 줄어들었다.

조금 지나자 판돈 때문에 옆 반 녀석과 체육 부장이 실랑이를 해 분위기가 험악해졌다. 아이들이 말려서 싸움으로 이어지지 않았지만 체육 부장은 여전히 씩씩거렸다. 녀석이 욕을 뱉으며 공을 찼다. 힘 조절이 안 돼 공이 방향을 잘못 잡아 겹쳐 놓은 유리창 쪽으로 날아갔다. 공을 막으려고 손을 뻗었지만 창문이 깨진 뒤였다. 유리창 두 장이 한번에 깨지는 소리는 요란했다. 복도에서 비명에 가까운 여자아이들의 소리가 났다.

"하수도, 볼보이도 제대로 못 하냐? 이 병신아!"

체육 부장이 멱살을 잡았다. 숨이 막혔고 얼굴이 뜨거웠다.

3학년 교무실에서 담임이 뛰어나왔다. 그제야 녀석이 멱살을 놓았다.

"교실에서 왜 축구를 해? 누구 짓이야?"

담임이 아이들을 노려보았다. 체육 부장은 잠자코 있었다.

"하수찬이 창문을 겹쳐 놓아서 둘 다 깨졌어요."

누군가 선수를 쳤다. 녀석이 하수찬이라고 불러 너무 낯설었다.

"하수찬, 축구를 왜 여기서 해? 그리고 창문을 왜 겹쳐 놓아? 유리창 값 물어내야 해."

선생님의 눈빛이 차가웠다. 나는 고개를 숙인 채 입술만 달싹거릴 뿐 아무 말도 하지 못했다.

빗자루로 복도에 흩어진 유리를 쓸었다. 아무도 도와주지 않고 바라만 볼 뿐이었다. 창문틀에 남아 있는 유리 조각을 빼다가 엄지손가락이 찔려 붉은 피가 흘렀다.

체육 부장은 스마트폰으로 게임을 하며 웃기 바빴다. 웃음소리가 나를 비웃는 소리 같았다. 날카로운 유리 조각을 들었다. 투명한 유리에 핏자국이 남았다. 손이 미세하게 떨렸다. 유리로 녀석의 목덜미를 찌르고 싶었다. 마침 종소리가 들려 정신을 차리고 유리 조각을 쓰레기통에 버렸다.

수업이 끝나 우산을 쓰고 집으로 향했다. 더 굵어진 빗줄기에 바지가 젖어 무거웠다.

을씨년스러운 날씨 탓일까. 마음이 스산했다. 소리를 시원하게 지르면 후련해질 것 같았지만 지나가는 아이들이 많았다. 눈치를 살피는 내가 너무 답답했다. 체육 부장 말처럼 나는 한참 모자란 놈이었다.

공원을 지나 모퉁이를 돌았다. 멀리서 미오가 어떤 아저씨와 함께 걸어왔다. 나무 뒤에 숨어 우산으로 얼굴을 가렸다. 불도그와 통화를 한 뒤로 미오를 볼 자신이 없었다. 유리창 사건으로 담임에게 혼날 때, 구경 온 아이들 속에 미오가 있었던 것은 아닌지 걱정이 되었다.

우산을 조심스레 들어서 미오를 보았다. 미오는 아저씨와 이야기를 하느라 정신이 없었다. 미오 옆에 있는 아저씨와 눈이 마주쳤다. 아저씨는 면도를 하지 않아 수염이 덥수룩했고 피부가 까무잡잡했다. 눈매가 미오와 비슷했다. 분명 미오 아빠였다. 어디에서 본 적 있는 낯익은 얼굴이었다. 아저씨의 옆모습을 지켜보며 기억을 되살렸다.

보름 전, 학교를 마치고 공원 의자에 앉아 있었다. 술주정이 섞인 잠꼬대가 간간이 들려왔다. 그늘 아래 의자에 아저씨가 누워 있었다. 시큼한 술 냄새가 풍겼고 큰 개미가 얼굴에 기어 다녔다.

어른들은 혀를 차며 지나갈 뿐 깨우지 않았다. 나도 모른 체하고 지나가다가 개미가 아저씨의 귓속으로 들어갈 것 같아 발걸음이 내키지 않았다. 나마저 가 버리면 아무도 아저씨를 깨우지 않을 것 같았다. 아저씨도 나와 비슷한 신세일 테고 어떤 마음인지 누구보다 잘 아는 나였다.

다시 돌아가 아저씨를 흔들었지만 잠꼬대를 할 뿐 일어나지 않았다. 휴대전화로 112에 연락해 아저씨를 모셔 가라고 부탁했다. 경찰이 신고자의 인적 사항을 물었다. 내 이름을 말하고 의자 아래에 떨어진 슬리퍼를 챙겨 머리맡에 두었다. 그 아저씨가 미오의 아빠였다.

미오는 같이 피자를 먹을 때보다 더 야윈 것 같았다. 아저씨는 그날 내가 챙겨 놓은, 뒤축이 낡은 슬리퍼를 신고 있었다.

아저씨가 학교에 와서 어떻게 했는지, 그 이후 자신을 둘러싼 여러 가지 소문을 미오도 분명히 알고 있을 텐데……. 그런데도 아빠와 다정했다. 부녀의 뒷모습을 지켜보는 동안 우리 아빠의 주눅 든 얼굴이 떠올랐다.

회사에서 잘린 뒤부터 생활 정보지를 교과서처럼 들여다보며 취직하려고 고군분투하고 있지만 쉽지 않았다. 나는 아빠 말에 대꾸도 하지 않고, 심부름을 시키면 화를 내며 자리를 피했다.

창문을 깨지 않았는데도 덤터기를 쓴 것을 미오도 소문으로 들었을 것이다. 미련한 놈이라고 손가락질할 것 같아 미오를 만날 자신이 없었다. 공원 정자에 쭈그려 앉아 하염없이 내리는 비를 바라보았다.

이번 일마저 속수무책으로 당하면 영원히 내 별명은 하수도가 될 텐데…….

미오도 나를 그렇게 부를 것 같았다.

지긋지긋한 이 삶에서 벗어날 방법은 없을까?

머리를 정자 기둥에 부딪히며 생각을 되풀이할 때, 괜찮은 아이디어가 떠올랐다. 휴대전화 메모장에 입력된 담임의 이메일 주소를 확인하고 집으로 뛰어갔다.

교실에 들어가 책상에 가방을 내려놓았다. 비가 그친 뒤라 햇빛이 더 눈부셨고, 미세 먼지도 느껴지지 않았다. 덕분에 이른 더위가 식어 포근했다.

자습 시간이 시작되었지만 심장이 급하게 뛰어 책에 집중할 수 없었다. 바지 주머니에 손을 넣고 창문값 10만 원을 만지작거리며 체육 부장의 뒤통수를 노려보았다. 일단 창문값을 내서 체육 부장의 의심에서 벗어난 뒤, 오후에 후련하게 모든 진실을 밝힐 계획이다.

어젯밤, 엄마에게 창문값 때문에 수십 번 혼이 났다. 마트에서 계산원을 하는 엄마에게 10만 원은 이틀을 꼬박 일해야 벌 수 있는 돈이다. 그 돈으로 한우를 배 터지게 먹거나 옷을 몇 벌이나 살 수 있다고 분통을 터트렸다. 내 가슴도 터질 지경이라 더 듣고 싶지 않아 방에 들어가 인터넷에 접속했다.

먼저 개인 정보 입력이 엄격하지 않은 외국 포털사이트에 이메일 계정을 만들었다. 하수찬과 무관한 익명의 제보자처럼 보이려고 아이디는 중3병으로 정했다. 수신자에 담임의 메일 주소를 입력한 뒤, 창문 사건의 진실을 자세하게 적고, 오늘 오전 열한 시에 발송되도록 예약해 놓았다.

자율 학습이 끝나고 조회 시간이었다. 담임이 교탁에 기댄 채 체육 부장을 쏘아보았다.

"우리 반 아이들한테 실망했어. 창문 깬 사람은 수찬이가 아니고 진형승이잖아. 어제 수업 끝나고 누가 내 책상에 쪽지를 놓고 갔는데 모든 사실이 적혀 있었어. 진형승 맞지?"

담임이 손바닥으로 교탁을 두드렸다. 술렁거리던 교실이 조용해지더니 모두 체육 부장을 주목했다. 녀석이 굳은 얼굴로 고개를 끄덕였다.

예상치 못한 일이 벌어졌다. 담임은 내가 보낸 메일을 읽고 쪽지라고 둘러대는 것이 분명했다. 오전 열한 시에 발송되도록 예약했는데, 시간을 잘못 입력한 모양이다. 일 처리를 제대로 못 하는 어리바리한 성격을 탓하며 또 녀석의 눈치를 보았다. 고자질했다고 보복당할 것 같았다.

"하수찬, 사실대로 말하지 않고 왜 당하면서 살아?"

담임이 나를 매섭게 나무랐다. 고개를 들 수 없었다.

"자세히 알아보지 않고 대뜸 화부터 낸 거 사과할게. 하수찬, 교무실로 따라와."

담임이 복도로 나갔다. 나는 우물쭈물하다가 교무실로 향했다.

"수찬아, 할 말은 하면서 살자. 네가 말을 안 하면 무슨 일이 벌어지는지 아무도 몰라."

담임이 책상 서랍에서 꺼낸 초콜릿을 내밀었다.

"혹시 메일 읽으셨어요?"

"무슨 메일? 어제 누가 책상에 쪽지를 남겼는데, 자세하게 적혀 있었어. 이제 선생님이 지켜볼 테니까 힘내고!"

"죄송한데 쪽지 좀 볼 수 있을까요?"

담임이 교무 수첩과 서랍을 뒤적거렸지만 쪽지를 찾을 수 없었다.

어쨌든 창문 사건의 진실을 담임이 알게 되었다. 잠도 자지 못하고 전전긍긍했던 어젯밤이 아주 오래전처럼 느껴졌다.

컴퓨터실로 뛰어가서 인터넷에 접속해 메일을 확인해 보았다. 아직 발송되지 않았다. 메일 발송을 취소하고 교실로 돌아와 아이들을 둘러

보았다.

누가 쪽지를 남겼을까?

쪽지로 장난을 치는 녀석만 있는 것이 아니라 내 편도 있었다. 세상에 정의가 살아 있다는 생각이 들었다. 아이들의 얼굴을 찬찬히 바라보았지만 힌트를 주는 녀석은 없었다.

수업이 끝나 교문을 빠져나왔다. 엄마에게 창문값을 돌려주려고 집으로 발걸음을 재촉했다. 아이들이 우르르 지나갔다. 아직 쪽지로 나를 챙겨 준 녀석을 찾지 못했다. 누군가 나를 지켜보고 있다는 생각에 어깨에 힘이 들어갔다. 이런 기분은 중학교 입학 이후 처음이었다. 괴롭히는 놈들을 피해 구석에 숨기 바쁜 나였다. 빨리 그 마니또를 만나고 싶었다.

날씨가 더웠다. 편의점에 들어가 냉장고에서 콜라를 꺼내 계산대로 걸어갔다. 낡은 작업복을 입고 목에 수건을 두른 아저씨가 계산대 앞에 서 있었다.

"체해서 소화제를 마셔야 하는데 이백 원이 부족하네요. 저기에서 작업하다 왔는데 약 먼저 먹고 잔돈을 갖다 주면 안 될까요?"

아저씨가 명치를 누르며 창밖을 가리켰다.

"죄송하지만 계산하신 뒤에 드실 수 있어요."

알바생 형이 말했다. 아저씨는 손으로 가슴을 쓸어내리며 트림을 했다. 미오네 아빠였다.

"아저씨가 구입한 소화제를 통신사 카드로 할인해 주세요."

알바생 형에게 할인 카드를 내밀었다. 형이 머뭇거리다가 할인 카드를 받았다. 그사이 아저씨가 소화제를 단숨에 마셨다.

"고마워. 우리 딸이랑 같은 학교네. 몇 학년이야?"

"삼 학년이에요."

"따라오면 이백 원 줄게."

아저씨가 내 팔을 붙잡았다. 괜찮다고 말했지만 이길 수 없었다.

사거리에 흰색 트럭이 있었고, 그 주변에서 작업복 차림의 아저씨들이 떼어 낸 현수막들을 정리했다.

"우리 딸 이름이 나미오야. 학교에서 미오에 대한 이상한 소문이 돌지?"

아저씨의 목소리가 떨렸다. 사실대로 말할 수 없어서 입을 다물고 산을 바라보았다. 산에는 나무가 무성했고 짙은 초록빛으로 물들었다. 그렇게 천천히 여름이 오고 있었다.

"학생이 친구들에게 사실을 말해 줘야 미오가 학교생활을 떳떳하게 할 수 있어."

아저씨가 학교에 오게 된 사연을 털어놓았다.

형편이 어려워져 미오의 급식비가 밀렸고 담임이 종례 시간에 아이들 앞에서 독촉을 했다고 한다. 그 일을 따지고 싶었지만 용기가 없어서 술을 마시고 학교에 갔던 것이다. 문득 세금 독촉장을 볼 때마다 어두워지는 아빠의 얼굴이 아른거렸다. 아빠의 마음이 어땠을지 헤아려 보았다.

사거리에 다다랐다. 아저씨는 낡은 배낭에서 200원을 꺼내 내 주머니에 넣어 주었다. 그러고는 간식으로 나온 빵과 우유도 챙겨 주었다. 한사코 거절했지만 적극적인 성격을 이길 수 없었다. 미오가 아빠의 성격을 많이 닮았다.

콜라를 마시면서 집으로 돌아왔다. 아빠는 앉은뱅이책상에 엎드려 잠을 자고 있었다. 책상 위에 펼쳐진 교차로 신문의 구인 코너 곳곳에 빨간색 밑줄이 그어져 있었다. 아빠의 손바닥에도 빨간 펜이 번졌다. 아저씨가 준 우유와 빵을 책상에 올려놓고 방에 들어갔다.

침대에 드러누웠다. 여러 가지 일들 때문에 피곤한 하루였다. 설핏 잠에 빠지려는 순간, 꼬마들의 고함이 들렸다. 너무 시끄러워 일어나 창밖을 보았다. 아이들이 공터에서 축구를 하고 있었다. 다음 주에 있는 축구 드리블 수행평가가 떠올랐다.

운동화를 신고 밖으로 나갔다. 꼬마들이 축구를 끝내고 그늘에서 쉴 때, 축구공을 빌려 드리블 연습을 했다. 축구를 못한다며 꼬마들이 비웃었지만 부지런히 발을 움직였다.

그사이 바람이 시원해졌고 뒷산이 붉게 물들었다. 피자를 먹고 미오와 함께 길을 걷던 그날이 떠올라 감전된 듯 몸이 떨렸다. 다시 연습을 하려고 운동화 끈을 단단히 맸다. 미오에게서 문자가 왔다.

오늘도 아빠를 도와줘서 고마워. 아빠가 명찰을 보고 네 이름을 기억하셨어. 학교에 오신 날, 술에 취해 공원에서 주무시고 있을 때도 네가 파출소에 연락했다고 경찰 아저씨가 말해 주셨지. 너한테 늘 신세를 지네!

답문을 어떻게 보낼까 망설이고 있는데 이어서 또 문자가 왔다.

수련회 갈 때 13호차 탈 거야. 집안일이 바빠서 문자 그만 보낼게.

13호차가 무슨 뜻인지 알 수 없었다. 꼬마들이 집에 돌아간다며 축구공을 달라고 했다. 수행평가 만점을 받아 미오에게 자랑하고 싶은 욕심이 생겨 창문값으로 축구공을 사려고 대형 마트로 향했다. 마트 할인 쿠폰은 없는지 미오에게 문자를 보내려고 전화기를 꺼냈다. 마침 반장 녀석이 내게 전화를 했다.

"수련회 때문에 채팅방에서 의논 중인데 너만 없어서 전화했어."

반장이 수련회 소식을 전했다.

수련회 갈 때 버스가 13대가 온다고 했다. 13호차에 불도그를 비롯해 부장 선생님들이 탈 예정이다. 그리고 버스가 비좁아 불편하지 않도록 각 반에서 몇 명씩 13호차로 옮겨 타야 한다고 했다. 그 차로 옮기겠다는 녀석이 없다며 반장이 내 의견을 물었다. 그제야 미오가 보낸 문자의 뜻을 알게 되었다. 망설이지 않고 내가 옮기겠다고 말하고 전화를 끊었다.

미오에게 13호차에 탄다고 문자를 보냈더니 곧바로 답문이 왔다.

수련회가 기다려진다. 다시 교장 선생님도 만나고! from, 쪽지 두 장!

문자를 몇 번이나 되풀이해서 읽었다. 쪽지 두 장을 남긴 범인이 문자로 자수를 했다.

현재진행형

도착 예정 시간보다 십 분이 더 지났지만 버스는 오지 않았다. 스마트폰으로 실시간 버스 운행 어플에 접속했다. 정보 확인이 불가능한 위치라는 문구를 보며 시골에 산다는 것을 새삼 깨달았다.

일곱 시가 지났다. 오늘도 지각하면 수업이 끝난 뒤 학교 쓰레기장에서 재활용 분리 작업을 해야 한다. 쓰레기장의 끈적거리는 검은 때, 음료수 캔에 꼬인 왕개미, 마대 속에 숨어 있다가 튀어나오는 쥐가 떠올랐다. 벌써부터 악취가 풍기는 것 같아 숨을 참았다가 내뱉었다.

이러다가 고등학생 시절의 기억은 오로지 빨간색 목장갑을 끼고 쓰레기장을 누비며 '작업'하는 모습만 남을 것이다. 다른 녀석들은 여자 친구를 사귀는 '작업'에 몰두할 때 나는 왜 아름답지 못한 작업만 해야 할까.

서울에 살 때는 학교가 가까워 한 번도 지각한 적이 없었다. 늦더라도 엄마가 차로 태워다 주었다. 올해 초, 시골로 이사 오고 난 뒤부터 내 삶이 달라졌다. 어떻게든 익숙해지려고 애쓰고 있지만 가장 적응하기 힘든 것은 통학이었다.

시내에 있는 학교까지 버스로 한 시간이나 걸려 여섯 시에 일어나야 한다. 3월 초, 버스를 기다릴 때는 사방이 캄캄해 야간 고등학교에 등교하는 기분이었다. 시골에서 시내 고등학교에 다니는 아이들은 친척 집에 얹혀살거나, 아빠가 일찍 차로 태워다 준다. 버스로 통학하는 경우는 드물었다.

쫄딱 망해도 알량한 자존심이 남아 있어서 읍내가 아니라 시내 명문고에 전학해야 한다며 위장 전입까지 한 부모님⋯⋯.

햇빛이 정류장 쪽으로 내려앉았다. 5월 중순으로 접어들면서 오후에는 후끈한 바람이 불었지만 아침은 서늘했다. 새벽에 폭우가 그쳐 오늘은 흙냄새도 진했다.

"동네서 첨 보는 안데 느그 집이 어데고?"

신문을 들고 지나가던 할아버지가 다가왔다. 머뭇거리다가 아빠 이름을 말했다.

"아, 민석이 아들이가! 아부지는 요새 뭐하시노?"

할아버지가 실눈을 가늘게 뜨며 나를 위아래로 훑어보았다.

"서울에서 잘 지내고 계세요. 갑자기 전화가 와서."

휴대전화를 귀에 갖다 대며 뒤쪽으로 걸어갔다. 전화기에서는 아무 소리도 들리지 않았다.

'좋은 대학 나와가 대기업 드가서 잘 댕기다가, 그만두고 사업으로 성공했다꼬 명절 때마다 으스대드만 결국은 망해서 동창들 돈까지 먹

고 내뺐다 카드라.'

근거 없는 소문까지 보태어 우리 집 이야기가 떠도는 이곳에 정을 붙일 수가 없었다. 마을 사람들은 국가정보원 못지않은 정보력으로 이웃들의 동향부터 농협에 진 빚이 얼마인지까지 알고 있었다. 네티즌 수사대보다도 더 정보가 빠른 마을 사람들은 내 성적까지 알아내 입방아를 찧을지 모른다.

길거리에 함부로 침 뱉지 말고, 운동화 구겨 신지 말고, 어른들 앞에서 쌍스러운 말도 내뱉지 말아야 한다고 할머니가 말한 까닭이 있었다. 사람들의 눈이 감시카메라 같았다.

"버스 고장 난 거 아이가?"

어른들은 휴대전화로 콜택시를 불렀다.

일곱 시 십 분이었다. 오늘도 지각하면 삼진아웃에 걸려 담임이 할머니와 통화를 할 것이다. 할머니는 지각이 큰 문제냐며 따지고 들어 담임을 당황하게 만들 사람이었다. 그러고는 나를 매섭게 다그치며 물기 가득한 눈빛으로 물끄러미 바라볼 텐데……. 할머니의 깊은 한숨과 사연 많은 눈빛이 싫어 서둘러 마을 밖으로 걸어갔다.

다리를 건너고 아스팔트를 따라 발걸음을 재촉했다. 땀이 차 가방에 닿는 등판이 축축했다. 가방을 손에 들고 부지런히 걸었다. 조금 지나자 넓은 보리밭과 마늘밭이 나왔다.

바람에 흔들리는, 윤기 나는 초록색 보리는 찰랑거리는 긴 머리카락 같았다. 서울에서 사귀던 여자 친구의 긴 생머리가 떠올랐다. 머리카

락을 만지면 손바닥을 간질이는 부드러운 감촉이 온몸으로 퍼져 나가
곤 했다. 그러면서 솜털이 난 뽀얀 목덜미를 살짝 주무르면 손끝으로
전해지는 야릇한 느낌이 전기가 통한 것처럼 짜릿했다. 옅은 샴푸 냄
새가 그리워 살짝 숨을 들이마셨다. 마늘 냄새가 풍겨 왔다. 빚쟁이를
피해 도망치듯 시골로 내려오면서 여자 친구와는 연락이 끊겼다. 아니,
끊었다.

횡단보도도 없고 사람도 거의 지나다니지 않는 곳이라 차들이 과속
을 했다. 달려오는 차를 향해 손을 흔들며 운전자의 눈을 똑바로 보았
다. 운전자가 여자면 손을 내렸다. 사내 녀석을 태워 주는 대범한 여자
는 흔치 않았다. 운전자들은 앞으로 시선을 고정한 채 가속페달을 밟
고 질주했다.

"온종일 재수 없어라!"

지나가 버린 차 뒤꽁무니에 대고 고함을 질렀다.

햇볕이 강해 가로수 그늘에 서 있었다. 번호판에 '허'가 적힌 흰색 렌
터카가 달려왔다. 근처에 관광지가 없어 렌터카가 지나가는 일이 드물
었다. 대학생으로 보이는, 짧은 스포츠머리를 한 운전자가 한 손으로
핸들을 잡고 있었다. 지각하지 않으려는 마음을 헤아려 줄 것 같아 간
절한 눈빛을 보냈다. 운전자는 굳은 표정으로 앞만 보았다.

"치사한 새끼! 시내 한복판에서 다이어 터져 버려라!"

손나팔을 하고 욕을 퍼부었다. 오른손 가운뎃손가락을 뻗는 것도 잊
지 않았다. 차는 야속하게 멀어져 갔고 목만 아팠다.

구세주 같은 차가 달려오길 기도하며 모퉁이 쪽을 바라보고 있었다. 느닷없이 경적 소리가 들렸다. 지나갔던 렌터카가 후진해 돌아왔다.

운전자가 입을 다문 채 창문을 내리며 타라고 턱짓했다. 형은 웃음을 모르는 것 같았다. 얼굴은 선탠을 한 듯 약간 그을렸고 눈 밑이 특히 검었다. 하얀 반팔 티셔츠가 잘 어울렸다. 단단한 팔뚝이 인상적이었다.

욕을 듣고 해코지하러 온 게 아닐까?

순박한 얼굴은 아니지만 그렇다고 나쁜 사람도 아니라는 결론을 내리고 차에 올랐다.

"고맙습니다. 중앙사거리에 있는 현해고등학교에 다녀요. 방향이 다르면 터미널까지 태워 주세요."

형이 말없이 가속페달을 밟았다. 가는 도중 타이어가 터지면 낭패여서 악담을 취소했다. 버튼을 눌러 창문을 내렸다. 이름 모를 꽃들이 길가에 많이 피었고, 바람에 꽃향기가 섞여 있었다. 승차감이 좋아 등굣길이 아니라 놀러 가는 기분이었다. 콧노래를 흥얼거리며 아침의 여유를 즐기다 슬며시 형을 보았다. 여전히 굳은 표정이었다.

"내비게이션 사용 안 하세요?"

앞에 달린 내비게이션을 만졌다. 형은 대꾸하지 않았다.

혹시 말을 못하는 건 아닐까?

조용한 분위기가 싫어 손을 뻗어 라디오 전원을 눌렀다. 지지직거리며 음악이 흘러나오려고 할 때, 형이 전원을 꺼 버렸다. 나는 입을 삐죽거리며 창밖을 보았다.

도대체 이 사람의 정체는 무엇일까?

십 분이 지나 차가 시내로 접어들었다. 출퇴근 시간이라 차들이 꼬리를 물고 이어졌고, 경찰이 호루라기를 불었다. 형이 갑자기 차선을 넘나들어 주유소로 들어갔다. 순식간에 끼어들기를 해 다른 차들이 경적을 울릴 순간을 놓쳐 버렸다. 그렇게 베스트 드라이버의 솜씨를 뽐냈다.

아르바이트생이 달려왔다. 형은 기름을 가득 채워 달라고 말하고 차에서 내렸다. 목소리가 너무 나직했다.

주유소 안에 있는 편의점에서 샌드위치와 커피를 사서 내게 건네고 형은 화장실로 들어갔다. 나도 차에서 내려 화장실에 갔다.

형이 거울을 보며 담배를 피우고 있었다. 소변을 보다가 형을 흘깃거렸다. 형이 담배 한 개비를 건넸다. 머뭇거리다가 담배를 받아 입에 물었다. 형이 라이터로 불을 붙여 주었다.

"담배 피우기 시작한 지 두 달 정도 됐어요. 갑자기 아빠 사업이 망하고 시골로 이사 온 뒤에 가끔 피워요. 속이 답답하고 허전할 때마다!"

처음 보는 사람이고 다시 볼 일이 없어서 속마음을 털어놓아도 상관없었다.

"난 육 개월 전부터 피웠어. 담배라도 안 피우면 답답해서 죽을 것 같았다. 무엇보다 사람들하고 어울릴 수 없었고."

형은 무게감 있는 목소리로 또박또박하게 표준어로 말했다. 오랜만에 듣는 표준어가 낯설면서도 반가웠다.

형이 세면대 바닥에 남은 물에 담배꽁초를 적셨다. 옅은 연기가 피어오르다 공기 중으로 흩어졌다. 형이 담배를 내 주머니에 넣어 주었다. 담배를 마저 피운 뒤 물로 입을 헹구고 나도 밖으로 나갔다.

주유가 끝났다. 우리는 차에 올랐다. 형은 샌드위치를 먹으며 사거리를 바라보다가 핸드브레이크를 내렸다. 그사이에 교통 흐름이 원활해져 호루라기 소리가 들리지 않았다. 카페라테는 시원했고 적당하게 달짝지근했다.

차가 삼거리로 진입했다. 교통 표지판에 현해고 좌회전이라는 표시가 보였다. 형에게 그것을 보라고 손짓했다. 아이들이 학교로 뛰어가고 있었다. 이 시간에 이렇게 여유로운 것은 처음이었다. 지각하면 재활용 분리 작업을 해야 한다고 형에게 말하며 분통을 터트렸다.

"군대 야외 쓰레기랑 비슷한 일이네."

형이 혼잣말처럼 중얼거리더니 살며시 웃었다. 굳어 있던 얼굴이 풀리면서 매서운 눈초리가 부드러워졌다. 짧은 머리와 말투를 보니 분명 군인이었다. 휴가를 나와 혼자 여행을 하는 것 같았다.

"대학생이 되면 가장 먼저 운전면허증을 따서 형처럼 여행 가려고요. 어디론가 홀쩍 떠나고 싶어요."

차가 횡단보도를 지나 좌회전했다. 학교가 보였다. 남은 커피를 마저 마셨다. 다시 현실로 돌아왔다.

학교를 하루만 빠질 수 있다면 얼마나 좋을까? 형에게 나를 납치해 달라고 부탁할까?

차가 학교 앞을 지나 목적지 없이 계속 달렸으면 좋겠다고 생각할 때 교문 앞에 멈추었다.

"학교까지 태워다 주시고 맛있는 간식 사 주셔서 감사합니다. 안녕히 가세요."

"어디로 안녕히 가야 할까? 목적지가 어디냐고 왜 묻지 않아?"

"대답하기 싫은 질문에 너무 많이 시달려서 먼저 말하지 않는 건 묻지 않아요."

중앙 현관을 지나 복도를 따라 걸었다. 1학년들이 청소를 해 뿌연 먼지가 피어올랐다. 눈을 찌푸리다 게시판에 붙은 현해고 교가와 연혁 등이 적힌 안내문을 보게 되었다.

전학 온 지 두 달이 지났지만 여전히 교가가 외워지지 않았다. 학교 분위기만 겨우 눈치챘을 뿐 모르는 것이 산더미였다. 음악실과 미술실에는 가 본 적도 없었고 선배들의 대학 진학 상황도 모른다. 특활도 인기가 없는 환경봉사부에 배정되었다. 아이들과도 조금씩 가까워지고 있지만 여전히 서먹서먹했다.

교실에 들어가 사물함에서 책을 꺼냈다. 일곱 시 오십 분이 되자 종이 울렸고 아침 자습이 시작되었다. 어디선가 부스럭거리는 소리가 들리더니 시큼한 단무지 냄새가 풍겼다. 한 녀석이 맨손으로 김밥을 집어 먹었다. 강제 보충수업과 자습 때문에 세 끼를 학교에서 먹는 아이들이 제법 많았다. 학부모들이 자율 학습을 강력하게 원해 밤 열 시까지 학교에 있어야 한다. 막차 시간 때문에 나는 삼십 분 전에 학교를 나선다.

창문을 활짝 열고 자리로 돌아왔다. 담임이 앞문으로 들어오면서 성적표를 흔들었다.

"남명우, 축하한데이. 전학 오자마자 이 등을 했네. 다른 점수에 비하믄 불어가 낮아서 쪼매 아쉽지만, 독학해가 팔십오 점이면 대단한기다. 선생님들의 기대가 크데이. 다들 박수!"

담임이 나를 치켜세웠다. 박수 소리가 크지 않았고 그것마저 곧 그쳤다.

다른 과목들은 학원에서 선행 학습으로 공부해 쉽게 따라잡을 수 있었다. 문제는 제2외국어였다. 전 학교에서는 중국어를 공부했는데, 현해고는 1학년 때부터 불어를 배웠다. 2학년이 되자 불어 교과서 진도가 거의 끝났다. 혼자 공부하지 않으면 불어는 빵점 맞을 판이었다. 쉬는 시간마다 아이들에게 묻고 선생님을 찾아갔지만 모르는 것이 많았다. 그럴 때마다 전학생이라는 것을 실감하며 이 상황을 만든 부모님이 떠올랐다. 국가 정책이 갑자기 바뀌는 바람에 자금이 부족해져 아빠의 회사도 연쇄 부도를 피해 가지 못했다. 만족하지 않고 무리하게 투자를 한 아빠의 욕심을 탓하기에는 너무 늦었다.

담임이 수학여행 참가 동의서를 나누어 주었다. 2박 3일 동안 제주도로 가는 일정이었다. 동의서를 구겨서 주머니에 넣었다. 가족 여행으로 여러 차례 제주도에 다녀와 가지 않아도 된다.

반장이 보관함을 꺼냈다. 아이들이 번호대로 앞으로 나가 휴대전화 전원을 끄고 보관함에 넣었다. 마지막 번호인 내가 나가자 담임이 어깨를 다독거리며 흐뭇하게 웃었다. 반장이 자물쇠로 보관함을 잠갔다.

사소한 것부터 하나하나 간섭해 교실이 너무 좁게 느껴졌고, 교복이 한 치수 작은 것 같아 넥타이를 풀었다. 아침에 만난 형이 떠올랐다.

군대 생활은 어떨까?

야외 쓰레기를 처리할 때 기분은 어떤지, 묻고 싶은 것이 많았다.

조회가 끝났다.

"남명우! 니 불어 선생한테 잘 보이드만 의외로 점수 잘 받았네. 너무 튀지 마라. 느끼한 서울말 짜증 나니까."

반장이 사투리 억양을 강하게 발음하며 눈살을 찌푸렸다.

"튀려고 한 적 없어. 텃세 부리지 마라."

"텃세? 니 때문에 다들 전교 등수가 하나씩 뒤로 밀려났다. 니 내신 따라 왔제? 공정한 경쟁을 해야지. 이 사내자슥답지 못한 얍삽한 놈아."

참으려고 했지만 마음대로 지껄이는 꼴을 볼 수 없었다.

"너도 등수가 뒤로 밀렸나? 미안하나! 이제부터는 교과서만 공부하지 말고 신문, 책도 읽으면서 시사 상식도 쌓아라. 열심히 하는 것 같은데 전략이 없더라."

내 말이 끝나기도 전에 반장이 주먹을 휘둘렀다. 의자에 앉아 있던 나는 무방비 상태로 당해 뒤로 넘어졌다. 이가 흔들리며 얼굴 전체로 통증이 전해졌다. 당하고 있을 수 없었다. 벌떡 일어나 발로 녀석의 배를 걷어찼다. 녀석이 휘청거리다가 교탁을 잡고 정신을 차렸다. 그러고는 눈을 부라리며 손으로 내 목을 짓눌러 벽으로 밀쳤다. 숨이 막혔다. 양손에 힘을 주고 녀석의 팔목을 비틀었다. 녀석이 비명을 질렀다.

"야! 이 자슥들아!"

담임이었다. 우리는 교무실로 끌려가 바닥에 꿇어 앉았다.

"므하는 짓이고? 학생부로 넘기까? 아니믄 집에 전화하까?"

담임이 출석부로 책상을 두드렸다.

"쓰레기 분리수거로 끝내는 기다. 화해하고 선의의 경쟁자로 친하게 지내라."

담임이 화를 누그러뜨리고 우리의 손을 잡았다.

전학 왔다고 티 내며 겉도는 것보다 학교에 적응하는 것이 이롭다는 것을, 부정한다고 해서 현실이 달라지지 않는다는 것을 나는 알고 있었다. 시간은 흘러갈 테고 삶은 계속된다는 것을 몇 달 사이에 깨달은 나였다.

아무도 없는 빈집에, 굳게 닫힌 현관문을 열고 들어온 사람들이 빨간 차압 딱지를 붙여 놓은 그날, 이 세상이 무너져 흔적 없이 사라지기를 간절히 바랐다. 하지만 세상은 여전히 멀쩡했고 나도 아직까지 버티고 있었다.

내가 먼저 녀석의 손을 잡았다. 씩씩거리던 녀석이 눈에 힘을 풀었다.

교무실을 나와 세수를 하러 화장실로 들어갔다. 안에서 내 이름이 들려와 문 뒤로 몸을 숨겼다.

"남명우랑 같은 동네에 사는 친척한테 들었는데, 서울서 사업이 쫄딱 망해가 내려왔다카데. 내신 따러 온 거 절대 아이다."

다른 반 녀석이 나를 화젯거리로 삼아 수군거렸다.

지각한 녀석들과 함께 재활용 분리수거장으로 갔다. 안타깝게도 학교에서 가장 익숙한 공간이 되어 버렸다.

오후 네 시가 지났지만 여전히 햇볕이 뜨거웠다. 더운 바람까지 더해져 어제보다 악취가 심했다. 행정실 직원이 빨간색 목장갑을 내밀었다. 큰 집게를 들고 재활용 상자에서 깡통을 집어 마대에 담았다. 먼지가 많아 아무도 입을 열지 않았다. 유리병 부딪히는 소리, 깡통 밟는 소리가 들릴 뿐이었다.

기계처럼 집게로 깡통을 집다가 사방을 둘러보았다. 햇살이 내려앉은 텅 빈 운동장에는 축구공 하나가 덩그러니 굴러다녔다. 구름 한 점 없는 하늘은 파랗고 끝없이 높았다. 화단에 자라는 꽃들은 곧 지기만을 기다리는 듯 활짝 폈다. 너무 고요하고 화창한 날이었다.

시원하게 폭우가 쏟아져 사람들이 비를 피하느라 우왕좌왕했으면, 사방이 시끄러웠으면 하는 늦은 오후였다. 지는 햇볕이 따가워 그늘로 자리를 옮겼다. 담배 한 모금이 간절한, 지루한 시간이 계속되고 있었다.

"내신 따러 왔다는 말 사과할게. 어느 대학 가고 싶노?"

반장이 아이스크림을 내밀었다. 안 보이더니 편의점에 다녀온 모양이었다.

"지금 어느 대학에 갈지 생각해 볼 겨를이 없어. 넌?"

"죽도록 공부해가 대학은 꼭 서울로 갈 끼다. 시골도 좋지만 넓은 세상에 가 보고 싶다. 부탁인데 내 앞길은 막지 마라."

녀석이 부라보콘을 한 입 베어 물었다.

나도 아이스크림을 입에 넣었다. 악취 속에서 풍기는 아이스크림 냄새는 더 달콤했다.

아이스크림을 먹고 다시 장갑을 꼈다. 갑자기 아이들이 웅성거렸다. 1학년 녀석이 쥐를 잡아 흰색 봉지에 넣고 단단히 묶었다. 쥐가 발버둥칠수록 비닐봉지가 더 크게 바스락거렸다. 마침 재활용품을 수거하는 큰 트럭이 쓰레기장 입구를 지나 가운데에 멈추었다. 아이들은 깡통이 가득 든 마대를 차에 실었다. 나는 종이 뭉치를 트럭에 올려놓았다.

잠시 뒤, 트럭은 후진과 전진을 반복하더니 쓰레기장을 빠져나갔다. 트럭이 뿜어낸 시커먼 매연과 휘발유 냄새에 머리가 아프고 속이 울렁거렸다.

일이 끝났다. 장갑을 털면서 쓰레기장 밖으로 나가고 있었다. 흉하게 터진 비닐봉지 둘레로 왕개미가 몰려들었다. 가까이 다가갔다. 트럭 바퀴에 깔려 죽은 쥐는 형체를 알아볼 수 없었다. 그 둘레를 기어 다니는 왕개미를 세게 짓밟았다. 허리가 분질러졌지만 개미들은 살려고 발 버둥이 치듯 흙바닥에 몸을 질질 끌고 도망쳤다. 차마 또 밟을 수 없었 다. 쭈그리고 앉아 개미 떼를 지켜보았다.

사방으로 흩어져 도망치는 개미들은 어디로 가고 있을까?

반장이 밥을 먹으러 가자고 소리쳤다. 바지에 묻은 먼지를 털고 일어 났다. EBS 특강을 들은 녀석들이 급식소로 향하고 있었다. 음식 냄새 가 쓰레기장까지 퍼졌다. 그렇게 어제와 다르지 않은 하루가 저물었다. 내일도 오늘과 다르지 않을 테니 궁금하지 않았다.

나는 교무실로 올라가 담임에게 배가 아프다고 둘러대며 자율 학습 을 빠지겠다고 말했다. 담임이 쉽게 허락했다. 성적표가 나온 뒤로 나 를 보는 눈빛과 말투가 달라졌다.

교문을 빠져나왔지만 갈 곳이 없었다. 그리고 아직도 시내의 길을 정확히 모른다. 안다고 해도 같이 놀러 갈 녀석도 없었고 돈도 넉넉하 지 않았다. 하늘이 붉게 물들고 있었다. 어디로 갈까 망설이다 발걸음 이 내키는 대로 걸었다.

사거리를 지나 한참을 걷다가 피시방에 들어갔다. 중학생들이 자리 를 차지해 시끄러웠다. 라면 냄새, 담배 냄새, 햄버거 냄새도 풍겼다. 되돌아 나올까 하다가 자리를 잡고 앉아 인터넷에 접속했다. 버릇처럼 전학 오기 전 학교 홈페이지에 들어있다.

교문과 농구장, 교실 풍경이 지금도 선명하게 떠올랐다. 친한 녀석들 의 목소리가 귓가에 들리는 듯했다. 여자 친구의 전화번호도 아직 기억하고 있다. 학교 게시판을 뒤적거리며 내 흔적을 찾다가 인터넷 창을 닫았다. 나는 현해고 재학생이었다.

네 시간 동안 게임을 하고 밖으로 나왔다. 밤이 깊어 가고 있었다. 마을로 가는 막차가 왔다. 서둘러 정류장으로 뛰어갔다.

버스가 마을에 도착했다. 마을은 깊은 어둠에 휩싸여 있었다. 드문드문 불이 들어온 가로등 둘레로 날벌레가 날아다녔다. 지나가는 차도 없어 발소리가 또렷하게 들렸다. 개가 짖어 댔다. 횡단보도를 건너 집으로 향했다.

대문을 열고 마당으로 들어갔다. 집에는 불이 꺼져 있었다. 현관에 쭈그려 앉아 신발을 벗었다. 새마을운동 모자와 농협 상자 사이에 있는 나이키 가방이 눈에 들어왔다.

이사를 오던 날, 먼지 묻은 그 가방을 쓰레기통에 버렸다. 할머니가 챙겨 일하러 갈 때 들고 다녔다.

"명우 왔나. 배고프믄 밥 무라."

할머니가 일어나서 안방에 불을 켰다.

부엌에는 밥상이 차려져 있었다. 김치, 청국장, 오이지, 김, 참기름으로 부친 계란말이가 전부였다. 매일 같은 반찬이라 입맛이 당기지 않았고 참기름 냄새가 평소보다 느끼했다.

방에 들어가 문을 닫았다. 가방을 열고 피시방에서 산 햄버거를 꺼내 한 입 베어 물었다. 전자레인지에 데우지 않아 고기는 딱딱하고 빵은 눅눅했다. 특히 고기 비린내가 강했다. 콜라가 없어 소화가 되지 않아 속이 더부룩했다. 손으로 가슴팍을 쓸어내릴 때, 할머니가 방문을 열고 깨끗하게 빤 셔츠를 내밀었다.

"밥 안 묵고 그런 거 묵나? 돈 애껴 쓰야지, 몸에 좋지도 않은데."

힐난하는 할머니의 눈빛이 보기 싫어 고개를 돌렸다. 명절마다 선물을 들고 내려올 때와 사뭇 달라졌다.

아빠 사업이 망하면서 나까지 무시하는 것일까. 물 아껴 써라! 컴퓨터 안 쓸 때는 코드를 뽑아라! 사소한 잔소리를 매일 듣다 보니 집에 있으면 숨이 막혔다. 방이 너무 좁고 천장이 낮아서 그런 것일까.

빨리 스무 살이 되어 군대에 가는 게 나을 것 같았다. 주머니에 들어 있는 구겨진 수학여행 동의서를 찢어서 휴지통에 버렸다.

책상에 앉아 스탠드를 켜고 영어책을 펼쳤다.

서울에서 같이 논술과 수능 그룹 과외를 하던 녀석들은 새벽 한 시까지 공부하고 있을 텐데……. 나는 많이 뒤처졌다.

서울의 공기에는 긴장감이 가득했다. 이곳의 바람에는 사람을 기운 빠지게 하는 어떤 성분이 들어 있었다. 바람을 쐬고 있으면 몸에 힘이 쭉 빠져나갔다. 그럴수록 눈에 힘을 주었다. 하지만 정신이 몽롱해 집중할 수 없었다. 담배를 만지작거리며 시계를 보았다. 할머니가 잠들면 밖으로 나갈 생각이었다.

마당 쪽으로 난 창문을 할머니가 열었다. 김이 피어오르는 찐 고구마를 내밀었다. 담배를 책상 서랍 깊숙이 넣었다.

"성적 안 좋아도 된다. 피곤할 낀데 얼른 자라. 건강이 먼저고 좋은 대학 가가 성공하는 것보다 소박하게 편안히 사는 기 최고데이."

할머니가 밭은기침을 하며 창문을 닫았다. 아빠에게 하지 못했던 말을 내게 하고 있었다.

부모님은 지금 어디에서 무엇을 하고 있을까?

한 달 동안 연락하지 못했다. 신용 불량자라 통장도 개설할 수 없는 신세가 된 이 상황을 두 사람은 어떻게 받아들이고 있는지 궁금했다.

밤 열두 시가 되었다. 할머니 방에 불이 꺼졌다. 창문으로 은은한 달빛이 들어왔다. 풀잎이 바람에 서걱거렸다. 풀벌레 소리도 들렸다. 너무 고요하고 호젓했다. 여러 가지 생각이 나를 괴롭혀 맨 정신으로는 견딜 수 없는 밤이었다. 담배를 챙겨 밖으로 나갔다.

마을은 세상과 한참 동떨어진 유폐된 세계 같았다. 지나가는 차도 없고, 사람도 없었다. 불을 끈 채 텔레비전을 보는 집이 있을 뿐이었다.

내가 지금 왜 이곳에 있는 것일까?

나를 둘러싸고 있는 현실이 비현실적으로 느껴졌다.

마을 어귀로 걸어갔다. 담배 피우기 좋은 창고가 보였다. 주변을 살피며 나무로 엉성하게 만든 창고로 들어갔다. 녹슨 경첩이 끼익 소리를 냈다. 휴대전화 불빛으로 창고를 비추었다. 천장에 매달린 백열등 전구가 있었지만 켜지 않았다. 불을 켜면 밖으로 빛이 새어 나갈 것이다. 흙바닥에서 축축한 기운이 올라왔다.

담배를 입에 물고 라이터로 불을 붙였다. 담배 냄새에 마음이 차분해졌다. 휴대전화에 여자 친구의 전화번호를 입력하고 통화 버튼을 누르려다 멈칫했다. 이젠 여자 친구도 아니다. 그냥 아는 여자아이였다. 지난해 이맘때쯤, 사귀자고 고백하고 놀이터 미끄럼틀 아래에서 첫 키스를 했다.

귀에 이어폰을 꽂고 음악을 들었다. 예전에는 락이나 댄스 음악을 즐겨들었다. 이제는 차분하고 고요한 발라드가 좋다. 두 달 사이에 너무 많이 변해 버려 스스로가 낯설 때가 많았다.

좋아하는 노래가 끝나는 것이 아쉬워 다시 재생 버튼을 눌렀다. 가사를 흥얼거리고 발로 리듬을 맞추며 한창 음악에 빠져들고 있을 때, 창고 문이 열렸다. 강한 불빛이 나를 쏘아보았다. 너무 눈이 부셔 앞에 서 있는 사람을 볼 수 없었다. 눈을 찡그리면서 허겁지겁 담뱃불을 껐다.

"니 여기서 므하는 짓이고?"

아침에 아빠의 근황을 물었던 할아버지였다. 할아버지는 백열등 스위치를 돌려 불을 켰다. 그사이에 나는 손으로 연기를 휘저었다. 연기는 사라졌지만 냄새는 고스란히 남았다.

"아무리 어리다카지만 집안 꼴을 보면서 행동하고 정신 차려야지. 느그 아버지가 집이랑 밭 담보로 농협에 돈 빌리 간 거 모르나?"

할아버지이 고함 소리가 찌렁쩌렁 울려 퍼셨다. 이어서 어디에선가 창문 여는 소리가 들렸다.

마을 사람들의 정보력에는 한계가 없었다. 우리 집 정보까지 소상히

파악해 친절하게 알려 줘 고맙다고 말을 해야 할까. 할머니의 얼굴이
어두운 까닭을 이제 알게 되었다.

할아버지가 뒷짐을 지고 매섭게 노려보았다. 나는 고개를 푹 숙이고
훈계를 들었다.

내일 아침, '미성년자 흡연 사건'은 온 마을로 빠르게 퍼져 나갈 것이
다. 술까지 마셨다고 덧붙여질지 모른다.

휴대전화 알람이 울리기 전에 일어났다. 잠이 오지 않아 날이 밝기
를 기다리고 있었다. 여섯 시가 되었지만 옅은 안개가 껴 밖은 어둑어
둑했다. 할머니는 나이키 가방을 메고 밭에 일하러 나갔다. 가방에는
김치와 마늘장아찌가 담긴 도시락, 신경통 약 두 첩이 들어 있을 것이
다.

세수를 하고 교복으로 갈아입었다. 시계를 보며 이불을 정리하고 있
을 때, 대문 여는 소리가 들렸다. 할머니가 현관문을 열고 들어와 거친
숨을 몰아쉬었다.

"담배 피우고 싶으믄 사탕 사 묵으라. 고등학교 이 학년이면 어른이
고, 사내자슥이 담배 한 대 안 피우고 어른 되는 것도 모지란 놈이지.
그 모진 상황에도 안 죽고 발버둥 치는 느그 애비도 고맙고, 니도 독하
게 견디 봐라."

할머니가 물끄러미 나를 보더니 꾸깃꾸깃하게 접힌 5,000원을 내밀
었다. 할머니의 물기 젖은 눈동자를 똑바로 볼 수 없었다. 할머니는 헛

기침을 하며 밭으로 돌아갔다.

여섯 시 사십 분이었다. 대문을 나와서 정류장 쪽을 바라보았다. 사람들의 입방아에 오르고 싶지 않아 정류장에서 한참 떨어진 곳에 서 있었다. 버스가 오면 달려갈 생각이었다. 옅은 안개가 서서히 걷히며 햇빛이 정류장 근처를 비추었다.

버스가 도착했다. 사람들이 버스로 몰려갔다. 발걸음이 내키지 않았다. 오늘 하루만 남명우가 아닌 이름 모를 누군가로 지내고 싶었다. 딱 하루만 그렇게 보낼 수 있다면, 나는 이제 이 마을 주민으로 잘 살 수 있을 것 같았다. 전봇대 뒤에 서성거리며 여러 가지 생각을 했다.

화창한 봄날, 나에게 몇 시간만 휴가를 주면 안 될까?

어떻게 할까 망설이는 사이 버스가 출발했다. 아니, 출발하는 것을 보고만 있었다.

정류장에는 아무도 없었다. 이제 어디로 갈까 고민하며 마을을 둘러보았다. 속이 헛헛했다. 집을 나설 때는 든든하게 먹어야 한다고 늘 할머니가 말했다. 집에 돌아가 찐 고구마를 비닐봉지에 담았다. 아직까지 말랑거렸다.

고구마를 먹으며 마을 어귀로 천천히 걸어갔다. 보리밭이 보였다. 보리의 초록빛이 어제보다 강렬했다. 날씨는 어제와 비슷했다. 하지만 바람은 더 시원했고, 하늘은 깊은 푸른색이었다.

서울에서 귀가 따갑게 듣던 자동차 경적 소리가 들리지 않는 이곳. 위압적으로 나를 내려다보던 고층 빌딩과 아파트들이 없어서 먼 곳이

한눈에 들어왔다.

난생처음 무단결석을 하는 역사적인 날이었다. 하루 놀러 갔다가 밤이 되어 집으로 돌아와도 변하는 것은 없을 것이다. 그것을 너무 잘 안다. 그래서 오늘은 학교를 빠지고 소풍을 가야겠다.

가로수 그늘 아래 앉아 휴대전화로 인터넷에 접속해 마을 근처의 지도를 살펴보았다. 가 보고 싶은 곳이 많았다. 소풍 장소를 정하고 일어나 가방을 챙겼다. 버스는 한 시간 뒤에 도착한다.

오늘도 히치하이킹을 하려고 찻길에 서 있었다. 출근하는 운전자들은 나에게 관심을 보이지 않았다. 하지만 나는 포기하지 않고 손을 흔들었다. 인심 좋은 운전자가 없었다. 각박한 세상을 욕하면서 또 손을 흔들었다. 절박함은 누군가에게 전달되나 보다. 흰색 자동차가 멈추었다. 렌터카였다.

"학교까지 태워다 줄게."

어제 그 형이었다. 얼굴이 밝아졌고 목소리에 힘이 있었다.

"학교 안 가고 소풍 갈 거예요."

"소풍 장소가 어디야? 태워다 줄 테니 어서 타!"

형이 경적을 울려 댔다. 차에 올랐다. 내비게이션에 우리 학교가 입력되어 있었다.

"이 근처에 사세요?

"한참 떨어진 펜션에서 자고, 너 학교에 태워다 주려고 새벽 일찍 출발했어."

형이 카페라테를 내밀었다.

"왜 저를 태우러 왔어요?"

커피를 마시며 형에게 물었다. 형은 대답하지 않았다.

"전방 백 미터 구간에 감시카메라가 있습니다."

"우회전하십시오. 과속방지턱입니다."

내비게이션에서 흘러나오는 또랑또랑한 목소리가 시끄러웠다.

차는 빠르게 달렸다. 갈림길이 나오자 소풍 장소를 형이 다시 물었다.

무단결석 이후, 닥칠 여러 가지 일들이 떠올랐다. 할머니와 담임이 통화하는 것이 가장 싫었다.

"부탁할 게 있어요. 담임한테 전화해서 삼촌이라고 말하고, 제가 아파서 결석한다고 말해 주시면 안 되나요? 오늘은 혼자 소풍 가고 싶은 날이에요."

나는 형의 눈치를 보며 빠르게 말했다. 형은 속도를 줄여 차를 길가에 세웠다.

"나도 부탁할 게 있어. 우리 즐겁게 소풍 다녀오자. 그리고 해질 무렵에 헌병대에 전화해서 오늘 밤에 내가 복귀할 거라고 말해 줘."

형의 목소리가 떨렸다.

이침 햇살이 창문으로 들어왔다. 형은 첫 휴가를 마치고 어제 오후에 부대로 복귀해야 했지만 지금 내 옆에 앉아 있었다. 미복귀자는 탈영병으로 간주되어 헌병대에서 체포한다고 덧붙였다.

"군대가 너무 숨 막혔어. 내 뜻과 너무 다른 삶이라 복귀하지 않겠다고 마음먹고 어디론가 떠나다가 널 만났지. 꿈 많던 고등학생 시절이 떠올라 이대로 무너지기 싫어서 도움을 청하는 거야."

형의 마음을 조금은 헤아릴 수 있었다. 복귀하면 어떻게 되는지 묻지 않았다. 어쨌든 시간은 흘러가고 삶은 어느 방향으로 계속해서 진행될 테니까.

집, 학교, 마을, 나를 둘러싼 많은 것들이 머릿속을 스치며 지나갔다. 형에게 전화기를 내밀었다. 형은 담임과 차분하게 통화했다. 오후 다섯 시에는 형을 위해 내가 전화할 차례였다.

"식사하셨어요? 카페라테에 찐 고구마가 잘 어울릴 것 같아요."

형에게 고구마를 내밀었다.

"어젯밤부터 굶어 배고팠는데 잘됐다. 든든하게 먹어야 오늘 밤 조사받을 때 잘 버틸 수 있어."

내비게이션은 분위기 파악을 못 하고 자꾸 직진하라고 반복했다. 형은 내비게이션 전원을 끄고 가속페달을 밟았다.

휴대전화로 날씨를 확인하다 문자메시지를 선택했다. 문자 수신자에 여자 친구의 번호를 입력했다. 손가락이 떨려 몇 번이나 잘못 눌러 다시 입력했다.

그동안 연락을 왜 끊었는지 메시지에 적고 읽어 보았다.

내 마음을 고작 몇 문장에 담을 수 있을까.

눈을 감고 휴대전화 액정 아래 부분을 눌렀다. 눈을 떠 보니 이미 메시지가 전송되었다. 손에 묻은 땀이 액정에 묻어 물방울 자국이 남았다.

　형이 라디오 전원을 눌렀다. 라디오 프로그램에서 활기찬 음악이 흘러나왔다. 진행자가 들뜬 목소리로 말했다.

　"어디론가 훌쩍 떠나기 좋은 봄날입니다."

주민 여러분의
선택은?

— 아아, 아아. 오늘은 마을 대청소 날입니더. 반박리 주민 여러분은 여섯 시 삼십 분까지 마을회관으로 모여 주십시오. 다시 한 번 알려 드립니더.

새벽부터 마을회관에서 안내 방송을 시작했다. 회관 맞은편에 있는 할아버지 댁은 소음 폭격에 시달렸다. 서울이었다면 대번에 경찰에 신고했을 테지만 인심 좋은 시골은 모닝콜로 여기는 것 같았다.

같은 내용을 수차례 반복하더니 곧 잠잠해져 다시 꿈나라로 입국하려고 했다. 이번에는 신나는 트로트가 들려와 귀가 먹먹했고 머리까지 지끈거렸다. 회관으로 뛰어가 옥상에 달려 있는 스피커의 전기선을 끊고 싶었다.

머리맡에 놓아둔 휴대전화로 시간을 확인했다. 다섯 시 오십 분이었다. 밖은 밤처럼 어두컴컴했고 창문 틈새로 싸늘한 기운이 스며들었다.

"어서 준비하이소. 다음 주에 이장 선거하는데, 부부가 열심히 일하는 걸 보여 줘야 사람들이 표를 준다 아인교? 옛날 어른들 말씀에도 부부는 일심동체, 부창부수라고 했어예."

할머니가 말했다. 할아버지가 이장 선거에 출마한다는 소식을 이제야 알았다.

"읍내 주부대학 수석 졸업하드만 입만 열면 아는 척은! 진짜 대학 나왔으믄 대통령하겠다꼬 나설 판이네. 남자가 오죽 못났으면 마누라가 이장 한다꼬 설치냐고 넘들이 손가락질을 해가 집 밖을 못 나가겠다."

내 귀를 의심했다. 할아버지가 아니라 할머니 허춘심 여사가 이장 선거에 출마한다는 충격적이고 황당한 소식이었다. 잠결에 잘못 들었나 보다. 머리를 흔들며 정신을 차려 다시 밖에서 들려오는 이야기에 귀를 기울였다.

"헌법에 여자는 이장 출마하믄 안 된다꼬 나왔어예? 모든 법에는 남녀가 평등하다꼬 나와 있는 걸로 알고 있는데. 시작을 했으믄 끝까지 가야지 와 중간에 고만둡니꺼? 청소하러 가기 싫으믄 잠이나 자든가."

할머니는 유능한 정치인보다 더 멋지게 말하며 밖으로 나갔다.

드라마에서 본 이장님들은 모두 할아버지로, 새마을운동 마크가 달린 모자나 농협 모자를 쓰고 다니며 모든 일에 적극적으로 나서는, 혹은 나대는 캐릭터들이었다.

당당하게 일을 해내는 할머니와 이장? 얼핏 어울리기도 했지만 그렇다 해도 여자 이장은 어색했다.

"할머니가 진짜 이장 선거에 출마해요?"

방문을 열고 할아버지에게 물었다.

"할망구 때문에 창피해가 집 밖을 나설 수가 없다. 이사를 가든지 이혼을 하든지 해야지."

할아버지가 부엌에 가서 냉수를 단숨에 들이켰다.

마을 사람들이 얼추 모였는지 드디어 노래가 끝나 반박리에 평화가 찾아왔다. 마을 일에 관심도 없고, 너무 졸려서 이장 선거에 대한 호기심이 금방 사그라졌다. 전기장판 온도를 1도 더 올리고 이불 속으로 들어갔다.

오늘로 시골 체험 이틀째다. 일 년에 딱 두 번, 설과 추석 때만 시골에서 하룻밤을 보내고 서울로 올라가던 내가 반박리에 머물게 된 사연이 있다.

일주일이 지나면 중학교 3학년이 된다. 엄마는 새 학기가 시작되기 전, 봄방학에 수학과 영어 그룹 과외를 받으라고 했다. 외국 대학 출신 선생님이 가르쳐 엄청 비싸지만 성적 급상승 효과 100퍼센트라며 홈쇼핑 쇼 호스트처럼 으스댔다. 엄마는 나를 외고에 진학시키려고 철두철미하게 정보를 수집, 분석하고 있었다.

"영어 실력이 부족해서 외국 손님 만날 때마다 힘들다고 엄마가 말했잖아. 이참에 특별 과외 받으면 되겠네."

손을 내저으며 딱 잘라 말했다.

열흘 동안의 시간은 온전히 나를 위해 쓰고 싶었다. 학기 중에 하루도 거르지 않고 학원에 다녔고, 숙제와 수행평가에 시달린 나였다. 그리고 호환마마보다 무섭다는 중2병을 무탈하게 보내느라 고생했으니

재충전의 시간이 필요했다. 그렇다고 거창한 계획이 있는 것은 아니다. 침대에 누워 빈둥거리며 만화책을 보고, 맛있는 것을 먹으며 푹 쉬고 싶었다. 이럴 때 가장 적합한 영어 단어는 힐링이었다.

"누굴 닮아서 이렇게 욕심도 없고 게을러! 다른 집은 돈이 없어서 과외를 못 시켜 줘 고민하는 거 몰라?"

엄마가 속사포로 말을 쏘아댄 탓에 사방으로 침이 튀었다.

"난 시골에서 벗어나 서울로 입성하려고 악착같이 공부했는데, 우리 아들은 부모 잘 만나서 고생을 몰라. 과외받기 싫으면 시골에 가서 농사일 도와. 며칠만 지내보면 공부가 세상에서 가장 쉽다는 것을 뼈저리게 알게 될 거야. 덤으로 우리가 얼마나 유능한 부모인지도 알 테지."

아빠까지 합세해 서로 유능한 부모라고 맞장구쳤다.

배수진의 상황에서 어쩔 수 없이 백기를 들고 투항할 거라고 예측했다면 오산이다. 호락호락한 중학생이 아니라는 것을 제대로 보여 주기로 마음먹었고, 그렇게 해서 반박리에서 시골 체험을 하게 되었다. 친구들은 '자발적 귀양살이'라고 놀려 댔다.

또 시끄러운 소리가 들려 잠을 깼다. 마을회관 스피커는 잠잠했다. 이번에는 할아버지와 할머니가 난상 토론을 벌이고 있었다. 반박리는 전국에서 으뜸가는 소음 공해 지역이었다.

"와, 여자는 부녀 회장만 하고 이장은 남자들이 다 하는교? 우리 마을의 고정관념을 보기 좋게 박살 낼 끼다. 두고 보이소. 마을 사람의 반은 여자니까 내를 지지할 거라."

할머니가 마을 사람들의 나이, 성별을 분석하며 이장 당선을 장담했다.

"그놈의 민주주의가 문제다. 그라니까 여자도 이장 출마한다꼬 나댄다아이가."

할아버지도 절대 질 생각이 없어 보였다.

할머니는 이장에 당선되기 전에 먼저 득음할 기세로 목청을 가다듬었다. 100분 토론보다 더 뜨거운 끝장 토론 현장을 스마트폰 카메라로 촬영해 인터넷 사이트에 올리고 싶었다.

늦잠을 포기하고 욕실에 들어갔다. 벽에 낀 얇은 얼음에서 차가운 기운이 뿜어져 나와 시베리아 벌판에 서 있는 느낌이었다. 고달픈 시골 체험이다.

허춘심 여사는 보일러를 거의 틀지 않아 집에서도 양말을 신어야 한다. 난방이 너무 잘 돼 반팔을 입고, 건조해서 가습기까지 튼 서울 집이 그리웠다. 그나마 다행인 것은 겨울이라 농사일이 없다는 것이다. 칼바람을 맞으며 무거운 비료 포대를 나르고, 잡초를 뽑았다면 이번 봄 방학은 힐링 타임이 아니라 킬링 타임이 될 뻔했다. 나는 '공부가 가장 쉬워요!'를 무한 반복하며 야반도주했을 것이다.

수건으로 얼굴을 닦으며 부엌에 갔다. 할머니가 아침 밥상을 차리고 있었다. 허춘심 여사가 이장 자격이 있는지 살펴보았다.

할머니의 연세는 육십육 세. 마른 체형이라 화장과 패션에 신경을 쓰고, 보톡스 주사를 맞으면 할머니와 아줌마의 중간인 '할줌마'쯤으로 보일 것이고, 농사일을 많이 한 덕분에 아직까지 건강했다. 문제는 초등학교만 나왔고, 책과 신문을 보지 않아 세상 돌아가는 형편을 모른다는 점이다.

어려운 서류를 들여다보며 이장 일을 해낼 수 있을까?

"이번 후보는 친척들 시켜가 간식을 돌렸다 카대. 경찰에 신고해 삐까."

할머니가 간식 봉지를 사건 증거물처럼 조심스럽게 흔들었다.

"후보 친척들이 간식으로 돌린 기라서 경찰에 신고해도 안 잡히 간다!"

할아버지가 간식 봉지를 열고 빵을 집었다.

"좋은 기 좋다는 식으로 어물쩍 넘어가니까 부정부패가 판을 치는 거라예."

"그래 잘났으믄 차라리 국회의원에 출마하지."

할머니와 할아버지는 식사 시간에는 휴전하기로 어렵게 합의했다.

냉랭한 분위기 속에서 밥을 먹었다.

"읍장님하고 간담회하러 가니까 설거지 좀 하이소. 집안일을 와, 여자만 합니꺼?"

먼저 일어나 방에 들어간 할머니는 낡은 점퍼와 치마를 입고 나왔다. 붉은색 립스틱도 발랐다.

"국회의원들은 옷도 전략이라며 넥타이까지 신경 쓴대요. 할머니도 옷 멋지게 입고 가세요."

"됐다 마! 정치인들이 국민 생각은 안 하고, 옷차림에나 신경 써서 표를 얻을라꼬 하니까 나라가 이 꼴인 기다."

할머니는 반박리 여전사가 되어 있었다.

할머니를 따라 읍내에 가려고 나도 옷을 갈아입었다. 지금이 아니면 버스가 두 시간에 한 번 꼴로 다니는 이 산골을 벗어날 수 없었다.

피시방도 없고, 하나뿐인 슈퍼에는 먼지가 앉은 과자와 유통기한이 하루 남은 우유를 버젓이 팔았다. 진짜 귀양살이였다. 현관에서 신발을 신으며 유능한 나의 부모님에게 문자메시지로 허춘심 여사 이장 출마 소식을 긴급하게 타전했다. 아무도 관심을 보이지 않았다.

할머니가 트럭에 올라 시동을 켜고 운전대를 잡았다. 나도 보조석에 앉아 안전띠를 맸다. 트럭은 마을 어귀를 지나 큰길을 힘차게 달렸다.

"선거에 왜 출마하신 거예요?"

"부녀회 모임서 농담으로 이장에 출마한다 캤드만 다 비웃으면서 말도 안 된다 카는 거라. 같은 여자들한테 배신감이 들어서 홧김에 출마를 시작했다 아이가. 우리 손자는 우째 생각하노?"

할머니가 내 얼굴을 빤히 바라보았다. 가끔은 거짓말이 필요하다는 것을 이제 나도 알 만한 나이였다.

"열심히 하면 당선되겠죠."

두루뭉술하게 말하며 라디오 볼륨을 높였다.

허춘심 여사의 삶이 떠올랐다. 할머니는 자신의 의지와 무관하게 농촌 커리어 우먼의 선구자가 되었다고 아빠가 말한 적이 있다. 군청 공무원인 할아버지가 여러 사람의 빚보증을 서 주었는데 채무자가 잠적해 버려 집과 밭을 팔아도 빚에 허덕이게 된 것이다. 그때까지만 해도 할아버지의 월급으로 알뜰하게 살림을 꾸려 가던 할머니가 구세주를 자처하며 나서게 된 것이다.

할머니는 시대와 주변의 상황을 읽어 내는 예민한 능력의 소유자였다. 반박리 주변에 넓은 들판이 있지만 농사짓는 사람은 드물었다. 도매상인들이 그 밭을 빌려 감자, 배추를 심었다. 그들은 일손 구하는 것을 가장 중요하게 여겼다. 그 부분에서 아이디어를 얻은 할머니는 특유의 친화력을 바탕으로 상인과 마을 사람들을 연결해 주는 개인 용역, 일명 작업반장을 시작한 것이다. 반장은 한 사람을 소개할 때마다 1,000원을 더 받아 일당이 두둑했고, 팔 수 없는 채소를 얻어 오는 특혜를 누렸다.

깊은 밤, 상인이 이튿날 새벽 여섯 시까지 농사의 달인 스무 명을 대기시키라고 하면 할머니는 주변 마을인 완박리, 강박리에 사는 친구와 친척, 사돈의 팔촌을 동원해 유능한 인력을 확보해 신뢰를 얻었다.

사람들은 허춘심 사단이 되려고 열심히 일했고, 할머니의 영향력은 더 커졌다. 이십 년 넘게 작업반장으로 군림하던 할머니는 체력이 부족하다는 것을 인정하며 젊은 작업반장 육성을 위해 은퇴를 선언해 원

로로 물러났다.

"할매가 한창 일할 때는 느그 할배 월급보다 더 마이 벌었고, 이십사 시간이 부족했다. 그때 악착같이 공부해가 반박리 여자 중에 처음으로 운전면허도 땄다 아이가."

할머니의 목소리에 자부심이 묻어났다.

트럭이 강박리 사거리를 지났다. 짙은 구름이 햇빛을 가리더니 사방이 잿빛으로 물들었고, 강한 바람에 나뭇가지가 흔들렸다. 마침 신호등이 바뀌자 트럭이 횡단보도 앞에 멈추었다. 서랍에서 수건을 꺼내 창문에 낀 서리를 닦았다. 멀리 '승천공원(昇天公園) 예정지'라고 적힌 팻말이 보였다. 덤프트럭이 꼬리를 물고 그쪽으로 향했다.

"하늘로 올라가는 공원이라니, 뜻이 찝찝해요."

"화장장이랑 납골당이 들어설 끼다. 그놈의 화장장 문제로 우리 마을이 왕따당하고 있다."

할머니가 목에 핏대를 세우며 지난해 가을, 공청회 모습을 생중계했다.

화장장 건립을 반대해 마을끼리 갈등하는 상황이라 군청에서 공청회를 열었다. 사건은 그날 터졌다. 우리 마을 사람들이 화를 내며 먼저 다른 마을 사람의 멱살을 잡았고 몸싸움으로 번졌다고 한다. 지역 신문에 나올 정도로 볼썽사나운 일이 벌어진 것이다.

스마트폰으로 검색해 보니 '지역 이기주의의 현장_ 반박리 주민들'이라는 제목의 기사가 올라왔다. 진행자에게 삿대질하며 마이크를 빼앗는 아저씨의 흉한 모습이 생생하게 포착된 사진도 있었다. 사진 기자의 솜씨가 뛰어나다고 칭찬해야 하는 것일까. 결국 강박리에 화장장이 들어서게 되었고, 두 마을은 앙숙이 되었다고 한다.

"할머니가 이장에 당선되면 두 마을이 화해할 수 있어요?"

"노력해 봐야지. 할매도 다 생각이 있는 사람이다. 내는 내를 믿는다."

"이장에 당선될 확률은 얼마나 되죠?"

"그 뭐라카더라. 부동표를 우째 끌어들이냐에 따라 달라지겠지. 여자들만 내 편으로 움직여도 승산이 있다. 홧김에 도전했지만 후회는 안 한다."

할머니는 나름 치밀하게 계산했지만 미덥지 않았다.

할머니가 다른 마을의 남자 이장들과 함께 일을 잘할 수 있을까?

학교에서도 여자 반장은 꼼꼼하게 일을 하지만, 사내 녀석들은 여자 반장을 무시했다.

할머니는 왜 고생이 예정된 힘든 길을 가려고 할까?

트럭이 사거리를 지나 읍내로 들어섰다. 할머니는 차를 주차장에 세우고 읍사무소 안으로 들어갔다. 나는 멀리 보이는 '초고속 피시방'으로 발걸음을 옮겼다.

시골은 자연과 더불어 호흡하느라 공부에서 자유로운 줄 알았는데 현실은 그렇지 않았다. 건물마다 수학 학원, 영어 공부방이 있었고 고등학교 정문에는 명문대 진학을 자랑하는 현수막이 으스대듯 걸려 있었다. 잊고 있었던 수행평가와 봉사 활동이 떠올랐다.

올해는 또 얼마나 많은 문제집을 풀고, 수행평가를 해야 할까. 고교 입시까지 앞두고 있어서 지난해보다 더 팍팍한 시간이 될 텐데.

대한민국 학생의 삶은 시공을 초월해 똑같았다. 아직 개학도 하지 않았는데 복잡한 문제에 시달리고 싶지 않았다. 게임을 하며 스트레스를 날려 버리는 것이 지금 내가 할 수 있는 유일한 해결 방법이었다.

횡단보도를 건넜다. 슈퍼마켓에 과자와 아이스크림을 할인한다고 크게 적혀 있었다. 게임을 하며 먹을 간식을 사러 슈퍼에 들어갔다. 할머니들이 계산대에 둘러앉아 커피를 마시며 반박리 이장 선거에 대해 치열하게 토론 중이었다. 과자를 고르는 척하며 귀를 세웠다.

"일 번 후보는 대학 나와가 도청 공무원까지 하고 퇴직해가 마당발 아이가. 이 번은 그 마을 터줏대감인데, 친척들이 모여 살아서 몰표가 나올 끼다. 삼 번은 허춘심인데, 여자 이장이 말이 되나?"

"초등학교도 간신히 졸업한 까막눈 할매가 나왔다꼬 읍사무소 직원들도 무시할 끼다."

"무식하믄 용감하다꼬, 세상 물정을 모르니까 출마한 기지. 자고로 술 한잔하면서 친해져야 일을 부탁해도 잘 들어주는 법인데 여자가 그런 거를 우째 하노."

할머니들은 자신들의 성별을 잊은 채 여자를 무시하는 발언들을 했다. 허춘심 여사를 쭉정이, 들러리라고 비아냥거리는 사람도 있었다.

"춘심이가 부지런히 작업반장 해가 여러 마을 사람 먹여 살렸잖아예. 그 공을 잊으면 안 되지예."

누군가 할머니 편을 들었다. 환호를 보내며 응원의 메시지가 계속해서 들리기를 바랐다.

"여자가 나대니까 그 집 영감이 어리바리하게 사기당한 거 아이가. 내일 반박리 부녀회 단체 관광 간다는데 춘심이는 딱 부녀회장이 제격이다."

"반박리 이야기는 꺼내지도 마이소. 공청회 생각하믄 속에서 열불이 치밀어 올라예. 지금이라도 폭행죄로 확 고소해 뿔라."

담배를 산 아저씨가 눈을 부릅뜨며 돈을 내밀었다.

할머니들은 우리 집안을 화젯거리 삼아 쓸데없는 이야기를 해 댔다.

"할머니들은 대학교까지 졸업하셨어요?"

과자와 음료수를 계산대에 내려놓았다.

"갑자기 와 우리한테 가방끈을 물어보노?"

"초등학교 졸업생은 이장이 되면 안 된다고 하셨잖아요."

"묵고 살기 바빠가 국민학교도 졸업 몬 했는데 무슨 놈의 대학. 아 참, 지난번에 농협 주부 대학 졸업했지."

가장 젊어 보이는 할머니가 끼어들었다.

"초등학교만 나온 것도 문제지만 여자인 기 더 문제다!"

"이상은 봉사 정신 투철하고, 마을 일과 농사일을 잘 해내는 것이 중요하지, 꼭 대학교까지 졸업해야 하나요? 그래야 한다고 선거 출마 자격이 정해져 있어요?"

"야, 니 누군데 어른들한테 따지고 드노?"

"허춘심 여사의 하나뿐인 손자예요. 우리 할머니 무시하지 마세요!"

목에 힘을 주며 목소리를 높였다.

"위아래도 없이 할말 다 하는 게 춘심이 닮았네. 아이고 무서버라."

할머니들이 혀를 찼다.

초코 과자를 씹으며 가게를 나왔다. 초코 과자에서 쓴맛이 난다는 것을 처음 알았다.

기분이 나쁘지만 할머니들의 말을 무시할 수 없었다. 허춘심 여사를 바라보는 사람들의 시선을 정확히 알게 되었다.

허춘심 여사의 예상과 다르게 여자 유권자들의 지지도 기대할 수 없는 상황이었다. 사퇴하는 것이 마지막 남은 자존심을 지키는 방법이었다. 할머니를 설득해야 한다는 사명감이 끓어올라 읍사무소 쪽으로 발걸음을 옮겼다. 속이 뜨거워 추운 것도 느끼지 못했다.

읍사무소 안으로 들어갔다. 조금 지나자 할머니와 여러 사람들이 읍장실 문을 열고 나왔다. 하얀 얼굴에 세련된 양복을 입은 아저씨가 1번 후보 같았다. 2번 후보 주변에는 사람들이 많이 모여 있었다. 할머니는 덩그러니 혼자 서 있었다. 주름살과 햇볕에 그을린 칙칙한 피부, 후줄근한 점퍼가 영락없는 시골 할머니 차림새였다. 이장과 가장 잘 어울리는 외모였지만 당선될 확률은 낮았다.

시장에서 물건을 사고 농협에서 은행 업무를 마치고 할머니는 트럭에 올랐다. 당장 사퇴하라는 말이 목구멍까지 올라왔지만 콜라를 마시며 기회를 엿보았다.

"할머니, 선거 공약이 뭐예요?"

"공약이 중요하나? 마을 잘 살리겠다는 뜨거운 마음이면 됐지. 공약은 화려한데 진심이 없으믄 말짱 도루묵이다."

할머니의 유창한 말솜씨에 말려들어 사퇴하라는 말을 할 수 없었다.

트럭이 마을 어귀로 달려갔다. '반박리 희망농장'이라는 간판이 보였고, 그 뒤로 커다란 비닐하우스가 여러 채 서 있었다. 주민들이 같이 일하는 공동 농장이었다.

"이십 년 전에, 내가 부녀회 부회장일 때 지어서 애착이 가는 기라."

할머니가 트럭의 속도를 줄이며 그때의 일들을 이야기했다.

할머니는 부녀회 회장 선거에서 한 표 차이로 낙선해 부회장이 되었다. 그런데 회장이 교통사고를 당하는 바람에 회장 직무 대행을 맡아 비닐하우스 짓는 일에 매진하게 된 것이다. 예산이 부족해서 읍사무소에 매일 찾아가고, 군수, 국회의원까지 만나 설득해 농업 정책 자금을 받아 지었다고 목소리를 높였다. 최근에는 농업 연구소에서 품종 개량한, 단백질과 비타민이 풍부한 채소 '복채'를 심어 지난해부터 출하했다고 한다. 인기가 높아 가을에 또 심었고, 며칠 뒤에 수확한다며 어깨를 으쓱거렸다.

"복채 팔아가 남긴 수익으로 부녀회에서 내일 강원도로 관광 간다. 본격적으로 일하기 전에 푹 놀다 와야지."

할머니는 농사 이야기를 할 때면 얼굴이 환해지고 눈빛이 빛났다. 그 열정이 눈부셔 이장 선거를 포기하라고 차마 말할 수 없었다. 허춘심 이장 후보는 라디오에서 흘러나오는 트로트를 따라 부르며 몸을 흔들었다.

"할머니는 단체 관광 안 가세요?"

"오랜만에 손자가 왔는데 오데 가노. 그리고 공정한 선거를 위해서 이장 후보들은 후원금도 내지 말고 따라가지도 않기로 약속했다."

저녁을 먹고 안방에 드러누워 텔레비전을 보고 있었다. 오랜만에 보일러를 틀어 집이 따뜻해 잠이 쏟아졌다.

"행님요! 술 한잔하러 왔어예."

1번 후보가 먹을거리가 담긴 봉지를 흔들었다. 할머니가 부엌에서 술상을 차렸다.

1번 후보는 이미 취해 있었다. 혼자 시끄럽게 떠들어 대 나는 작은방으로 왔다. 텔레비전을 볼 수 없어서 할 일이 없는 밤이었다. 스마트폰으로 스포츠 뉴스나 연예 기사를 읽는 것도 지겨웠다. 만날 녀석도 없었다. 그렇다고 공부를 하고 싶지는 않았다. 빈둥거리며 방을 둘러보는데 책장에 쌓여 있는 공책들이 눈에 들어왔다. 아빠의 일기장 같았다.

책장 맨 위에 있는 공책을 꺼냈다. 습기를 먹은 종이는 딱딱하게 굳어서 잘 넘어가지 않았다. 한참을 만지작거렸더니 뭉친 종이가 부드러워졌다. 몇 장을 넘겨 보았다. 공책에는 초등학교 2학년이 쓴 것 같은

삐뚤삐뚤한 글씨로 오이의 특성, 재배 비법이 빼곡하게 적혀 있었다. 아주 중요한 것은 그림으로 그려 놓았다. 일기장은 할머니의 농업 기록이었다. 허준이 『동의보감』을 쓰듯 허춘심 여사는 농사보감을 남긴 것이다.

신문을 스크랩해 놓은 서류철을 열었다. 농업, 경제, 정치 분야로 나누어 정리되어 있었다. 내가 태어나기 전에 발행된 신문이 대부분이었다. 오래된 신문지에서 풍기는 퀴퀴한 종이 냄새가 좋았다.

돋보기안경을 쓰고 신문을 훑어보며 공부했을 할머니.

농사는 공부할 필요 없이, 부지런하게 몸만 움직이면 되는 줄 알았다. 하지만 그것은 잘못된 생각이라고 할머니가 가르쳐 주었다.

책장 밑에는 운전면허 필기시험 책 열 권이 쌓여 있었다. 한 권을 꺼내 살펴보았다. 좀벌레가 갉아먹어 너덜너덜해진 표지에 '허춘심이 하이딩!'이라고 적혀 있었다. 짧은 문장에서 할머니의 힘찬 응원 소리가 들려왔다. 표지를 넘겼다. 빨간 펜으로 한 글자씩 밑줄 치며 읽어 내려간 흔적이 남았다. 운전면허 공부하며 한글 맞춤법을 정확히 깨쳤다는 할머니의 말은 거짓이 아니었다.

'허춘심이 하이딩!' 그 문장을 스마트폰 카메라로 찍을 때, 안방에서 거친 목소리가 들려와 방문을 조용히 열었다.

"청수님힌데 오십 명 징도가 두표할 섯 같은데 그 표를 지한테 주이소. 이장 경력으로 군의원 당선되고, 내친김에 의회 의장까지 딱 되면, 형님, 형수님 도움 절대 잊지 않겠습니다. 각서 쓰고 손도장까지 찍겠습니더."

"얄팍하이 계산하고 이장에 출마하믄 안 되는 기라예. 도시에서 공무원만 하다가 고향에 돌아와가 농사를 지 봤나, 소를 키워 봤나, 질소 비료값은 얼만지나 알아예?"

평소 할머니답지 않게 차분하게 말하려고 애쓰고 있었다.

반장 선거가 떠올랐다. 외고나 특목고에 지원할 때 반장 경력이 도움이 된다며 엄마가 등을 떠밀었지만 거절했다. 엄마는 미련한 놈이라며 눈을 흘겼다. 스펙 때문에 반장 선거에 출마하는 녀석이 많았는데 1번 후보도 마찬가지였다.

"비료값 아는 거는 중요하지가 않아예. 작년 여름에 수해가 나가 시냇가 물이 안 넘쳤습니꺼? 그라믄 군청에 가서 예산 받아서 물길 확장 공사를 해야 하는데, 형수님이 그걸 할 수 있습니꺼? 그기 정치력입니더. 막말로 초등학교도 졸업 못 한 할매가 읍사무소나 군청에 가면 말빨이 먹힙니꺼?"

1번 후보가 따지듯이 쏘아붙였고, 할머니는 청문회장에 불려 온 사람처럼 쩔쩔맸다.

참다못한 할아버지가 1번 후보의 등을 떠밀었다. 1번 후보는 현관문을 걷어차며 나갔다. 찬바람이 집 안으로 들어왔다. 할머니는 소주병을 들고 병나발을 불더니 맨손으로 김치를 찢어 먹었다. 시원하게 트림을 하고 다시 술을 마시며 가슴을 쓸어내렸다.

"할머니, 술 그만 드세요."

"와? 여자는 술도 마시믄 안 되나?"

점퍼도 걸치지 않은 채 할머니는 밖으로 나갔다. 심상치 않아 뒤쫓았다.

할머니는 옥상으로 올라갔다. 나도 계단을 따라 올랐다. 눈이 쌓여 있어서 조심스럽게 걸었다. 할머니가 비료 포대를 뒤집어서 의자에 깔고 앉으며 손짓했다.

"인맥도 없고, 학교도 제대로 졸업 못 한 내는 이장 무자격자다. 마을에 진 빚을 우째 갚지?"

할머니가 떨리는 목소리로 지난날의 큰 잘못을 털어놓았다.

마을 공동 비닐하우스를 짓고 재배할 작물을 의논할 때였다. 할머니는 작업반장을 하며 세상 보는 안목을 키웠다고 우쭐해 사람들의 반대를 무릅쓰고 작물을 결정했다. 비닐하우스를 자신의 노력으로 세웠다는 자만도 한몫 거들었다고 한다. 그런데 가격 폭락으로 엄청난 손해가 났다. 할머니는 잘못을 인정하지 않은 채 세상 탓으로 돌렸다. 자존심을 회복하고 손해를 만회하려고 또 독단적으로 재배 작물을 결정했다. 결과는 엄청난 손해로 이어져 마을의 빚이 되고 말았다. 부회장을 관둔 할머니는 마을을 떠나야 할까 고민했다. 다행히도 마을 주민들이 비난하지 않고, 열심히 하려는 마음을 이해해 줘서 지금까지 반 빅리에 살고 있다고 한다.

"이십 년 전 일이라서 기억하는 사람이 드물지만 그 이후로는 마을에 빚진 마음이 많다. 사람들한테 돈 벌 수 있는 기회를 줄라꼬 더 열심히 작업반장으로 뛰었지."

할머니의 진심이 느껴지는 고해성사였다.

"이 번 후보는 어때요?"

"그 사람 큰 형이 몇 년 전에 이장 할 때, 즈그 조카들을 읍사무소랑 군청에 계약 직원으로 취직시켰다 아이가. 뒷말이 마이 나왔는데 사과 는커녕 공정하다꼬 딱 잡아떼드라. 친척들이 마을에 모여 살면서 지 멋대로 좌지우지할라칸다."

뉴스에 자주 보도되는 정치인의 비리가 떠올랐다. 자신의 딸을 5급 공무원으로 뽑은 장관을 아빠와 엄마는 엄청 욕했다. 결국 현명한 선 택은 반박리 주민들의 몫이었다.

할머니는 옥상 난간에 기대어 눈을 살며시 감았다. 혼자 생각할 시 간이 필요할 것 같아 나는 멀찍이 떨어진 곳에 서서 할머니를 지켜보 았다. 할머니 나이쯤 되면 아무런 꿈도 없이 하루하루 살아가는 줄 알 았다. 잘못된 고정관념이라고 허춘심 여사가 증명하고 있었다.

나이가 들어 내 얼굴에 주름이 생겼을 때, 나도 계속해서 꿈을 꾸고 노력하고 있을까?

오늘따라 하늘에 별이 참 많았다. 서울에 살 때는 눈여겨본 적 없는 하늘이었다. 어린 시절에 밤하늘을 보며 별자리를 찾았던 기억이 났 다. 그때는 과학자가 되고 싶었다. 중학생이 된 뒤로 학원에 다니고 수 행평가를 하느라 꿈을 잊었다. 지금 내 꿈은 명확하지 않다. 부모님의 뜻을 따라 외국어고등학교에 진학한 뒤에 명문대에 가면 성공한 삶이 시작된다고 막연하게 생각할 뿐이었다.

십오 년이 지나 서른 살이 되었을 때 나는 어떻게 살고 있을까?

"고집 하나로 평생을 살았는데 나이를 묵었드만 자꾸 흔들린다. 사퇴를 하는 기 낫겠제?"

할머니는 뒤돌아 옷소매로 눈가를 훔쳤다. 고해성사를 듣지 않았다면 사퇴하라고 했을 테지만 지금은 할머니를 믿을 수 있었다.

"어차피 밑져야 본전이잖아요. 기호 삼 번 허춘심 후보 선거대책본부장을 맡아 열심히 도울게요."

휴대전화로 찍어 놓은 '허춘심이 하이딩!' 사진을 보여 드렸다. 할머니가 그 문장을 따라 읽었다.

"윤호의 젊은 감각을 믿어 봐라. 할매가 우리 집안도 일으켜 세웠으니까 마을 일도 잘할 끼다. 일 번 후보 놈이 비닐봉지 속에 돈 봉투를 넣어 놓은 기라. 경찰에 신고해가 콩밥을 먹이믄 좋겠지만! 돌려주고 욕을 퍼붓고 와야겠다."

할아버지가 할머니에게 오리털 점퍼를 건넸다.

마을회관에서 또 방송을 시작해 모닝콜처럼 단잠을 깨웠다. 오늘은 부녀회 관광 안내를 무한 반복했다. 오 분 뒤 방송이 끝나 다시 잠을 자려는데, 이번에는 관광버스가 집 앞에 주차하느라 소란스러워 결국 일어났다. 허춘심 여사가 이장이 되면 제일 먼저 안내 방송을 개선하라고 강력히 촉구해야겠다. 반박리 아줌마들은 아침잠도 없는지 벌써부터 회관으로 몰려와 밖이 어수선했다.

아침밥을 먹을 때 즈음 버스가 출발해 그제야 마을에 평화가 찾아왔다.

열 시가 지날 무렵부터 잿빛 하늘이 검게 변하더니 함박눈이 내렸다. 안방에서 할머니와 선거대책 회의를 시작했다. 할머니가 서류철을 밥상 위에 올려놓았다. 새해 연하장과 농협, 군수 취임 인사 편지, 대통령 신년 연설 기사 등 많은 자료들이 들어 있었다.

"공식적인 자리서 인사를 해 본 적이 없어가, 언젠가 소견 발표할 때가 올 것 같아서 챙기 났다."

준비된 이장 후보, 허춘심 여사는 돋보기안경을 쓰고 수십 장의 자료를 읽어 가며 멋진 문장을 골라 공책에 받아 적었다. 아름다운 표절이었다.

할머니의 공약을 보며 스마트폰으로 인터넷에 접속해 농업 연구소와 도청 홈페이지에 들어가 자료를 찾았다. 신문에 나온 농산물 가격 변동 그래프, 사진, 전문가의 인터뷰도 챙겼다. 할아버지가 과자와 음료수를 건네주며 오른손 엄지손가락을 추켜세웠다.

점심을 먹으면서 회의를 이어 나갔다. 그사이에 바람이 거세져 창문이 들썩였고, 마당에 눈이 쌓였다. 할머니는 어두운 얼굴로 텔레비전 날씨 예보를 눈여겨보았다. 아직까지 대설주의보는 발효되지 않았다.

점심을 먹었더니 식곤증이 찾아와 뜨끈한 이불 속에 누워 낮잠을 청했다.

얼마나 잤을까. 또 큰소리가 잠을 방해했다.

"친애하는 반박리 주민 여러분, 기호 삼 번 허춘심입니다. 암탉이 울면 마을이 망한다, 이래 말함서 흉보는 분들이 많다는 것을 잘 알고 있습니다. 하지만 지는 암탉이 아이고 사람입니더……."

할머니가 거울 앞에 서서 공책에 적은 소견문을 읽으며 목소리를 가다듬었다.

시간이 조금 더 흘러갔다. 창밖이 한밤처럼 어두컴컴했고 회오리바람 소리에 무섬증이 일었다. 할머니는 창문에 기대어 날씨를 살폈다. 눈이 쌓이면 비닐하우스의 철골 구조가 무너져 복구비가 많이 들고, 며칠 뒤에 수확할 복채가 얼어 죽는다고 걱정이었다. 스마트폰으로 날씨 예보를 확인했다. 저녁이 되면 눈이 그친다고 할머니에게 말했다. 할머니는 창문을 열고 손을 뻗어 눈을 만졌다.

저녁을 일찍 먹고 안방에서 텔레비전을 보았다. 산간 지방에 폭설이 내린다고 뒤늦은 기상특보를 했다. 할머니가 점퍼를 걸치고 트럭 열쇠를 챙겨 밖으로 나갔다. 후보 곁을 지키는 것이 선대위원장의 역할이라 뒤따라 나가 차에 올랐다.

눈발이 점점 굵어져 마을 뒷산은 흰 눈에 덮였다. 드라마에서 본 러시아의 백야 같은 분위기가 났다. 새벽이 되면 길바닥이 꽁꽁 얼어 체인을 감지 않은 차는 통행이 금지될 것 같았다. 할머니는 속도를 줄이고 조심스레 운전을 했다.

비닐하우스에 도착했다. 할머니는 하우스 안으로 달려가 보일러 온도를 최고로 높였다. 하우스가 뜨거우면 눈이 쌓이지 않고 바로 녹아 내린다고 했다. 할머니는 이장과 이장 후보들에게 전화를 해 당장 모이라고 말했다.

삼십 분이 지나서야 이장과 후보들이 왔다. 2번 후보는 술에 취해 눈이 새빨갛고 횡설수설했다. 이장은 통화가 되지 않았다. 2번 후보는 아들 차를 타고 마을로 내려갔다. 할머니와 1번 후보가 결정을 내려야 하는 상황이었다.

"비닐하우스가 무너지믄 철골 구조도 다시 세워야 되고, 복채도 얼어 죽을 낀데 안 무너지게 고마 비니리를 찢어 뿌립시더."

할머니가 말했다.

"안 무너질지도 모르잖아예. 비니리를 찢으믄 오늘 밤까지 복채를 거둬야 하는데 일손이 없잖아예."

1번 후보가 담배를 꺼냈다. 바람이 거세 라이터에 불이 붙지 않았다.

함박눈이 눈밭에 난 발자국들을 금세 덮었고, 점점 내 발도 시렸다. 결정을 못하고 의논만 하는 사이에 비닐하우스가 무너지고 복채도 얼어 죽는 최악의 일이 벌어질 것 같았다.

비닐하우스를 찢으면 손이 빠른 사람 서른 명이 복채를 부지런히 수확해 창고에 보관해야 최상의 품질을 지킬 수 있다고 한다. 쭈그려 앉아서 채소를 수확하는 일은 여자들이 잘한다고 할머니가 말했다. 덩치가 큰 남자들은 서툴러 복채가 상해 상품성이 떨어지고 시간만 늦어진다고 한다. 화장장 문제로 다른 마을 사람들의 손을 빌리는 것은 불가능했다. 할머니의 이야기를 들을수록 입안이 바싹 말랐다.

눈의 무게 때문에 비닐하우스 천장이 아래쪽으로 내려앉았다. 바람까지 거세져 철골 구조가 휘청거렸다. 마을 아저씨들이 몰려왔지만 결정을 내릴 수 없었다.

"남자들이 간뗑이가 좁쌀만 해가 어데 쓰겠소. 윤호야! 낫으로 비닐하우스 다 찢어 뿌라! 내가 책임질 끼니까."

할머니의 말에 아저씨들은 1번 후보의 눈치를 보았다. 1번 후보는 고개를 돌렸다.

할머니는 점퍼 주머니에서 귀퉁이가 낡고 색이 바랜 수첩을 꺼내 전화번호를 확인했다. 그러고는 내 휴대전화까지 빌려 양쪽 귀에 대고 동시에 전화를 했다.

"내 반박리 허춘심이다. 지금 당장 일 잘하는 사람 열 명 찾아가 대기시키라. 이십 분 안에 데리러 갈 끼다. 뭐라꼬? 반박리 일은 안 도와주기로 했다꼬! 지금 비닐하우스 무너지고 있다. 농사꾼 맴은 다 똑같은 기다. 이십 년 우정으로 부탁한다. 도와도!"

할머니는 애원하듯 말하다가 가끔 목소리를 높이며 통화를 끝냈다. 그렇게 허춘심 사단을 집결시키겠다고 큰소리를 쳤지만 폭설이 내리는 깊은 밤, 사이가 안 좋은 다른 마을의 일을 누가 도우러 올까.

"차 몰고 가가 사람들 대워 오제 므하노! 그리고 얼른 비니리 다 찢어 뿌소! 다들 내만 믿고 따라오소."

할머니가 외쳤다. 사람들이 그제야 움직였다. 다른 방법이 없었다.

만약 허춘심 사단이 단체로 거부하면 모든 책임은 할머니가 지게 된다. 할머니 동료들이 많이 와 주기를 기도하며 할머니의 손을 꼭 잡았다. 할머니의 차가운 손이 희미하게 떨렸다.

"책임 소재를 명확히 해야 합니더. 분명히 형수님이 진두지휘한 기고 내는 책임이 없십니더."

1번 후보가 담배꽁초를 눈밭에 던졌다.

"책임 소재, 진두지휘 그런 어려븐 말은 도청에서나 쓰고! 책임지겠다 꼬 또 각서 쓸까?"

할머니는 창고에서 호미를 찾느라 정신이 없었다. 1번 후보는 구두를 벗어 양말에 묻은 눈을 털다가 휘청거리더니 바닥에 자빠졌다. 대학을 나오고, 오랫동안 공무원을 해 인맥이 넓어 정치력이 있다고 으스대던 모습은 보이지 않았다.

아저씨들과 나는 하우스 옆쪽 비닐을 낫으로 찢었다. 비닐이 두꺼워 여러 번 낫을 휘둘러야 겨우 찢겼다. 차가운 바람이 하우스 안으로 몰아쳤다. 대신 철골 구조가 덜 흔들려 안전해졌고 천장에 쌓인 눈이 옆으로 떨어졌다.

하우스 세 채의 비닐을 다 찢었을 때, 자동차 소리가 들리더니 불빛이 보였다. 다들 일을 멈추고 초조하게 서 있었다.

잠시 뒤, 차가 멈추었다. 나는 안도의 한숨을 내쉬었다. 차에서 허춘심 사단 할머니들이 우르르 내렸다.

"자고 있을 시간인데 미안시럽다. 야간 수당까지 쳐서 확실히 줄 끼니까 얼른 일 좀 부탁한데이."

"반박리 일은 절대 안 돕기로 했는데 춘심이 언니 일이라 퍼뜩 뛰어 왔어예."

할머니들이 스티로폼 방석을 깔고 일렬로 앉아 복채를 수확했다. 자동차 헤드라이트를 켜 사방이 대낮처럼 환했다. 남자들은 수확한 복채를 신문지에 싸서 조심스레 상자에 담고 창고로 옮겼다.

"이틀 일찍 수확하는 기라서 아직 도매상에 연락 몬 했는데, 만약에 못 팔믄 썩을 낀데."

1번 후보는 장갑을 낀 채 우왕좌왕할 뿐이었다.

"친한 도매상한테 전화해가 싸게 넘기겠다꼬 카니까 당장 온다 캤소. 가만히 서서 농사일 안 해 본 티 내지 말고, 읍내 가가 막걸리랑 족발 좀 사오소!"

할머니가 혀를 찼다. 쩔쩔매던 1번 후보는 차에 올라 시동을 켰다.

나는 여러 마을 사람들이 함께 일하는 흥겹고 힘찬 모습을 동영상으로 촬영했다.

이장 선거 소견 발표를 할 때 주민들에게 생생한 현장을 보여 주며 허춘심 여사의 정치 철학을 알려야 한다. 이장 선거에서 주민들은 누구를 선택할지 그 결과가 궁금하다.

디데이

304호 문 앞에 붙은 '호스피스 병실' 팻말은 여전히 눈에 거슬렸다. 호스피스 병실은 시한부 환자들이 편안하게 지내며 세상을 떠날 준비를 하는 곳이다.

병실로 들어가기 전, 문 옆에 놓인 소독제를 손에 뿌렸다. 창밖으로 함박눈이 흩날렸다. 방학식을 마치고 곧장 병원으로 왔는데도 시간이 꽤 걸려 어느새 밖은 잿빛으로 물들었다.

병실로 들어갔다. 아빠는 창가 옆, 침대에 누워 두꺼운 불교 경전을 읽고 있었다. 다른 환자 주변은 음료수와 꽃바구니가 가득했지만 아빠 곁에는 간식으로 나온 100원짜리 요구르트가 하나 있을 뿐이다. 식도암 말기 환자인 아빠는 오늘 밤에 숨이 멈출지, 아니면 생명의 끈을 끈질기게 부여잡아 몇 년 뒤에 세상을 뜰지 아무도 모른다.

"효자 아들 덕분에 든든하시겠어요."

맞은편 간암 환자의 간병인 아줌마가 내게 음료수를 내밀었다.

겨울방학 동안 학원에서 수업을 받는다고, 담임에게 둘러대고 보충

수업을 빠졌다. 아빠를 간호한다고 말하고 싶지 않았다.

"겨울방학에 놀러 가지도 못하고 못난 애비 때문에 고생이죠. 열심히 간호한다고 나을 병도 아니잖아요."

아빠가 읽고 있던 불경을 내려놓고 성경을 집었다.

"부처님, 예수님에게 간절히 기도하면 병이 나을 수도 있어요."

아줌마가 너스레를 떨면서 환자의 소변 주머니를 살폈다.

아빠는 이곳으로 옮겨 온 뒤 경전을 열심히 들여다보았다. 종교를 비판하던 평소의 모습은 찾아볼 수 없었다. 이슬람교 경전도 구할 수 있다면 간절하게 읽었을 것이다.

항암 치료를 거부한 아빠는, 반년 넘게 지낸 일반 병실에서 나와 며칠 전 304호로 옮겼다. 항암 치료를 받는다고 더 오래 산다고 장담할 수 없었고, 독한 항암제 때문에 머리카락이 빠지고 구역질이 올라오는 끔찍한 고통을 견디려 하지 않았다.

감기에 걸리면 당장 병원에 가서 주사를 맞고 오는 엄살쟁이 아빠, 건강을 끔찍하게 챙기는 사람이 암세포가 빠르게 퍼져 나가는 것은 왜 몰랐을까?

호스피스 병실은 여전히 낯설었다. 침대는 양쪽에 세 개씩 마주 보고 있었고 가운데 두 개는 비었다.

일요일 새벽, 일 년째 이곳에 있던 할아버지가 심하게 헛소리를 하다가 세상을 떠났다. 정확히 말하면 304호를 떠난 셈이다. 할아버지가 누워 있던 빈 침대의 시트가 형광등 불빛 아래 더 하얗게 보였다.

그다음은 누가 이 병실을 떠날까?

병원 특유의 소독약 냄새가 익숙해질 무렵, 나는 세상을 떠나는 환자들을 무심하게 지켜보게 되었다. 그렇게 익숙해지는 사이, 나도 아빠와의 이별을 조심스레 준비하고 있었다.

병실이 너무 적막해 시간이 더디게 흘러가는 것 같아 텔레비전을 켰다. 토크쇼 〈우리 시대의 인물〉을 방송하고 있었다. 명문 대학 교수가 올해 초에 출간한 산문집을 주제로 삶과 예술을 이야기했다.

"저 산문집 읽었어요. 말도 잘하고 글도 잘 쓰는 작가들 보면 지금도 마음이 떨려요. 젊었을 때 작가 지망생이었는데 세월이 속절없이 흘러가 버려 아쉬워요."

아줌마가 병원 도서실에서 빌려 온 그 교수의 산문집을 꺼냈다.

그 책의 대필 작가인 아빠는 얼굴을 찡그린 채 살며시 눈을 감았다. 아빠는 교수가 대충 써 놓은 A4용지 네 쪽 분량의 난삽한 글과 육성 녹음을 바탕으로 멋진 산문집을 만들었다. 녹음된 교수의 육성을 이어폰으로 듣느라 귀가 안 좋아졌고, 눈도 침침해졌다.

아빠는 자신이 대필한 책이라고 떳떳하게 말할 수 없다. 평생 입을 다물기로 약속한 조항이 대필 계약서에 분명히 있을 것이다. 산문집은 오랫동안 베스트셀러 순위에 올라 인세가 어마어마할 테지만 아빠가 받은 대필 원고료는 600만 원이었고, 고스란히 병원비로 들어갔다.

"피곤해서 자야겠어. 텔레비전 소리가 너무 시끄러워."

아빠가 입을 열 때마다 가래가 끓어올랐다. 목소리에서 쇳소리가 났다. 암세포가 목으로 퍼져 가고 있다는 증거였다. 아줌마가 리모컨으로 볼륨을 낮추었지만 아빠가 헛기침을 세게 하는 바람에 어쩔 수 없이 텔레비전 전원을 눌렀다.

지난가을부터 아빠는 글을 쓰다가 어깨가 결리고 허리 통증이 심하다며 침대에 눕기 일쑤였다. 그러면서도 국회의원 선거를 앞두고 정치인의 자서전을 겨우 끝내고 한숨 돌리던 올해 늦봄, 구토를 하며 방 안을 뒹굴다가 119 구급차에 실려 응급실로 향했다.

의사는 식도암 말기라고 했다. 흡연과 음주, 피로, 불규칙한 식사가 원인이었다. 아빠는 소설과 대필 원고를 쓰느라 줄담배를 피웠고, 소설 공모전에 탈락하거나 출판사의 출간 거절 메일을 받을 때마다 강소주를 마셨다. 그리고 믹스커피 두 개를 넣은 진한 커피도 물처럼 마셨다. 몸에 해로운 것들을 벗처럼 삼던 아빠는 모든 것을 예상했다는 듯 현실을 담담하게 받아들였다.

텔레비전 소리마저 들리지 않아 병실은 고요하다 못해 침울했다. 아빠가 입원한 뒤부터 엄마, 할머니, 고모, 삼촌 들이 돌아가며 간호를 했다. 몇 달이 지나자 친척들은 지쳐 갔고, 고등학교 국어 교사인 엄마도 보충수업을 맡게 돼 내가 아빠 옆을 지키게 되었다.

엄마는 아빠를 간호하느라 일찍 퇴근하거나 조퇴하는 일이 많아 학교에서 눈총을 받고 있다고 하소연했다. 이번 방학에는 공부를 못 하더라도 꼭 아빠 곁에 있으라고 내게 말했다.

아줌마가 환자의 기저귀를 갈았다. 탁한 병실 공기에, 익숙해지기 어려운 역한 냄새까지 더해져 창문을 살짝 열었다. 차갑지만 신선한 바람이 들어왔다. 아빠가 깊은숨을 내쉬며 창문을 더 열라고 손짓했다.

명문 대학에서 국문학을 전공한 아빠는 지방 일간지 신춘문예에 당선돼 소설가가 되었고, 같은 과를 졸업해 교사가 된 엄마와 그 무렵 결혼했다. 하지만 중앙 문단은 지방 일간지 당선을 정식 등단으로 인정하지 않았다. 글쓰기에 대한 열망을 접을 수 없었고, 생계를 꾸려야 하기 때문에 대필 작가로 살게 된 것이다. 아빠는 지난해 연말까지 중앙 일간지 신춘문예에 소설을 응모했지만 낙선했다.

아빠가 일어나 침대에 기대어 앉더니 책상을 올려 달라고 말했다. 글을 쓰겠다는 뜻이었다. 책상에 노트북을 올려놓고 전원을 켰다. 의사는 스트레스를 받지 말아야 한다며 독서와 글쓰기를 접으라고 했지만 아빠는 듣지 않았다. 기력이 있을 때마다 노트북을 들여다보았다. 의뢰를 받은 대필 원고도 없었고, 소설을 쓸 힘도 없었다. 아마 일기를 쓰고 있을 것이다. 아니면 유서일지도 모른다.

아빠가 양손으로 침대 팔걸이를 세게 붙잡고 몸을 움직였다. 침대가 삐거덕거렸다.

"병원 도서실에 다녀오자."

"책 그만 읽으세요. 눈도 안 좋아지고 건강을 해쳐요."

아빠의 고집을 이길 수 없어 휠체어를 침대 옆으로 끌고 왔다. 호스피스 병실에서는 환자의 뜻을 따라 주어야 한다고 아줌마가 말했다.

"아저씨는 무슨 일 하셨어요? 책도 많이 보시고, 박학다식해서서 선생님인 줄 알았어요."

아줌마가 수건으로 환자 손을 닦았다.

"회사에 다녔어요."

아빠가 머뭇거리는 사이에 내가 대답했다.

휠체어에 아빠를 태우고 도서실에 갔다. 아빠는 청소년 문학 코너로 가라고 재촉했다. 입원한 뒤부터 우리나라와 외국의 청소년 소설을 섭렵하고 있었다. 학교 도서관에 많이 쌓여 있지만 한 번도 읽어 본 적 없는 책들이었다. 어릴 때부터 나는 책을 읽지 않았다. 독서광인 아빠 때문이라고 얄팍한 변명을 하고 싶다.

"어린 시절이 떠올라서 요즘은 청소년 소설이 더 좋더라."

아빠는 책 표지를 넘겨 작가의 약력을 살폈다. 아빠도 작품 활동을 했다면 지금쯤 중견 작가로 대접받았을 테지만, 유령 작가는 대필 원고료를 털어서 이름 없는 출판사에서 소설 두 권을 출간했을 뿐이다. 그마저도 곰팡이가 핀 채 창고에 쌓여 있다가 고물상에 버렸다.

아빠는 청소년 소설 다섯 권을 빌렸다. 책 선물을 받은 사람마냥 뿌듯하게 웃으며 계속 들여다보았다. 책을 끔찍하게 사랑하면서도 내게 책을 읽으라고 말한 적이 단 한 번도 없었다.

저녁 식사 무렵, 퇴근한 엄마가 병원에 왔다. 엄마는 병실에 들르지 않았다. 감기 몸살로 계속 기침을 했는데, 면역력이 약한 아빠한테 바이러스를 옮길 수 있기 때문이었다.

텔레비전에서는 새해의 소원을 말하며, 호들갑을 떠는 연예인들의 들뜬 목소리가 흘러나왔다. 병실과 어울리지 않아 텔레비전을 껐다. 아빠는 꾸벅꾸벅 졸면서도 빌려 온 책을 손에서 놓지 않았다.

형광등을 끄고 취침 등을 켰다. 병실에서의 하루가 저물고 있었다.

바닥에 두툼한 이불을 깔고 누웠다. 적응이 될 때도 되었지만 여전히 등이 아프고 정신이 또렷했다. 환자 호흡기에 연결된 산소통의 기포 소리 외에는 아무것도 들리지 않았다. 문 옆에 누워 있는 환자가 계속 헛소리를 중얼거렸다. 헛소리가 끝나면 환자는 이 세상과 작별할 것이다. 헛소리가 신비스런 비밀 주문 같아 속으로 따라 하며 잠을 청했다.

몇 시쯤 되었을까. 구급차 소리에 눈을 떴다. 창문으로 푸르스름한 빛이 들어왔다. 침대 조명등이 켜 있었고, 아빠는 노트북을 들여다보고 있었다.

침침한 눈을 크게 뜨고 한 글자, 한 글자씩 정성스레 자판을 두드리고 국어사전을 뒤적이는 아빠. 대필 작가로 살아온 아빠의 마음이 어떤지, 돈도 벌지 못하고 명예도 얻지 못했는데 왜 지금도 글을 쓰는지, 물어보지 못한 것이 많았다.

언제쯤 그 질문을 해야 할까?

언젠가 기회가 올 것 같아 조용히 누웠다. 아빠를 방해하고 싶지 않았다.

"미안하다."

아빠가 거친 숨을 몰아쉬었다.

아빠의 눈에 실핏줄이 선명했다. 예민해 쉽게 잠들지 못하는 데다가, 새벽까지 노트북을 들여다보았으니 얼굴도 푸석푸석했다.

"화장실에 가는 건 내 힘으로 할 거야."

아빠는 침대 밖으로 나오려고 몸을 움직였다. 누워만 있어서 다리 근육이 풀려 중심을 잘 잡지 못했다.

막무가내인 아빠를 부축하고 다른 손으로 링거액을 들고 화장실로 향했다. 복도에는 지금 일어난 환자들이 보호자와 함께 세면장으로 걸어가고 있었다. 모두 눈이 퀭하고 머리는 부스스했다. 그렇게 병원에서의 하루가 시작되었다.

아침 식사를 마치고 아홉 시가 지났다. 의사 선생님이 회진을 돌았다.

"숨 쉬는 것…… 말고는 불편하지 않아요. 며칠…… 남았을까요?"

아빠의 목소리가 탁했다.

"긍정적으로 생활하면 오래 사실 수 있어요. 우리 힘을 내죠. 드시고 싶은 거 마음껏 드세요."

의사는 뒤에 서 있던 레지던트에게 진료 기록을 넘겨주었다. 간호사 누나가 의료 장비를 가지고 와 심전도 검사를 했다. 아빠는 이제 치료받으러 갈 곳도 없었고, 병문안 오는 사람도 없었다.

아빠를 휠체어에 태웠다. 몸이 너무 가벼웠다. 근육이 빠져 다리는 마른나무 가지처럼 앙상했고, 탄력과 윤기를 잃은 피부는 뼈와 분리된 듯 쭈글쭈글했다.

산책 시간이었다. 담요로 아빠 몸을 덮고 1층으로 내려갔다. 건물 밖으로 나가면 감기와 폐렴에 걸릴 수 있어 복도를 천천히 돌아다녔다. 이 순간에도 시간이 흘러갔다. 그리고 그날이 점점 가까워지고 있었다. 다시 3층으로 올라와 오랫동안 입원했던 일반 병실 앞을 지날 때였다. 시끄러운 소리가 쩌렁쩌렁 울렸다.

"서원문, 그놈 당장 불러오지 않으면 명예 훼손으로 고소해서 콩밥 먹게 만들 거야!"

할아버지들은 바닥에 떨어진 책을 짓밟았다. 경비원과 간호사들이 달려왔지만 속수무책이었다.

"학생, 할아버지들이 아빠 만나러 오셨나 봐!"

간호사 누나가 손짓했다. 서둘러 휠체어를 밀어 병실 앞으로 갔다.

바닥에 떨어진 책은 아빠가 대필한 정치인의 자서전이었다. 할아버지들은 휠체어를 타고 있는 아빠를 보더니 입을 다물었다.

할아버지들이 복도 의자에 나란히 앉았다. 나는 자판기로 달려가 커피 다섯 잔을 뽑아 왔다. 험악한 상황을 지켜보느라 다리가 후들거렸지만 티를 낼 수 없었다. 아빠가 먼저 커피를 마시고는 가슴을 쓸어내렸다.

자서전이 문제였다. 정치인이 자신의 공적이라며 자랑스럽게 쓴 부분이 어느 문중의 역사를 왜곡했다. 아빠도 그 단락이 석연치 않아 정치인에게 몇 번이나 확인을 부탁했다고 털어놓았다. 정치인은 나타나지 않았고, 모든 책임은 진짜 저자인 아빠의 몫이었다. 그것이 유령 작가의 역할이었다.

"책을 회수해 폐기 처분하고, 파일을 우리한테 넘기면 용서하지. 시한부 환자라서 참는 거야."

머리가 벗겨진 할아버지가 빈 종이컵을 세게 쥐며 쭈그러뜨렸다. 시한부라는 말이 복도로 퍼져 나갔다.

"죄송합니다. 사과드리겠습니다."

아빠의 낯빛이 어두웠고 눈동자가 흔들렸다.

할아버지들이 승강기를 타고 내려갔다. 유령 작가의 첫 '독자와의 만남'은 비극적으로 끝났다. 나는 그 책을 짓밟고 찢어 버렸다. 아빠는 나를 말리지 않았다.

"아저씨, 작가예요?"

간병인 아줌마가 아빠 휠체어를 밀며 병실로 향했다. 호기심 어린 질문이 아니었다. 감탄하는 눈빛으로 아빠를 보고 있었다. 아빠는 얼굴을 붉히며 살며시 고개를 끄덕였다.

아빠가 침대에 누웠다. 가래가 끓어올라 숨 쉬기가 힘든지 뒤척거렸다. 호출 버튼을 눌러 간호사 누나를 불렀다. 누나는 코 속으로 얇은 호스를 넣어서 가래를 뽑았다. 가끔 피가 올라왔다. 간호사 누나가 나가자 아빠는 일어나 책상에 노트북을 올려놓았다.

"이제 그만 쓰세요. 방금 전에 그 창피를 당했는데 또 글 쓰고 싶어요?"

노트북에 연결된 전선을 뽑아 버렸다. 노트북을 창밖으로 던져 버리고 싶었지만 간신히 참은 것이다.

망신을 당하고도 글을 쓰겠다는 독한 마음은 집념일까 아니면 집착일까?

"작가님한테 그렇게 말하면 안 돼. 이럴 때일수록 더 글 쓰고 싶은 것이 작가의 마음이야."

작가 지망생이었던 아줌마가 아빠에게 존경심을 가득 담은 따뜻한 녹차를 건넸다.

아빠는 한숨을 내뱉으며 침대에 누웠다. 노트북을 서랍장에 넣다가 아빠 몰래 구석에 쭈그려 앉아 한글 파일을 클릭했다. 비밀번호를 입력해야 파일을 열 수 있었다. 아빠, 엄마의 생신과 전화번호, 내 생일을 입력했지만 헛수고였다. 청소년 소설도 보기 싫어 책을 챙겨 도서실로 향했다.

점심시간이 되었다.

"컵라면이 먹고 싶어. 믹스커피 두 개 넣은 진한 커피도 함께."

아빠가 일어나 침대에 등을 기대었다.

"컵라면은 몸에 해롭잖아요."

"괜찮아. 삼백사 호 환자는 먹고 싶은 것 맘껏 먹어도 돼."

아줌마가 이번에도 아빠 편을 들었다. '지금 안 먹으면 언제 먹겠어!' 이 말은 덧붙이지 않았다.

독설을 퍼부은 것이 죄송하기도 하고 더 이상 말릴 수 없어 아빠를 휠체어에 태웠다.

승강기를 타고 1층으로 내려갔다. 매점은 병원 밖에 있었다. 문 앞에서 휠체어를 멈추고 망설였다. 함박눈이 주차장에 쌓이고 있었다.

"지금 아니면 언제 눈을 만져 보겠냐."

기침을 하던 아빠가 손 뻗는 시늉을 했다.

담요로 아빠의 몸을 감싸고 휠체어를 밀었다. 눈이 아빠 머리 위로 내려앉았다. 아빠는 입을 벌려 눈을 맛보았다. 머리숱이 많이 빠져 두피가 보였다. 반년 사이에 할아버지가 되어 버렸다.

매점에 들어갔다. 아빠는 매운맛 컵라면 두 개를 집었다. 삼각김밥도 함께 계산했다.

컵라면에 물을 붓고 작은 식탁에 아빠와 나란히 앉았다.

"라면에는 김치가 최곤데, 깜빡하고 안 가져 왔어."

아빠가 입맛을 다시며 나무젓가락을 만지작거렸다.

"병실에 가서 가지고 올게요."

삼각김밥을 식탁에 내려놓고 매점을 나왔다.

주차장을 지나 병원으로 들어가고 있었다. 어떤 할머니가 무거운 짐을 들고 눈에 미끄러지지 않으려고 낑낑대며 걸었다. 뛰어가서 물건을 대신 들었다.

"고마워. 미안한데 부탁 하나 해도 될까? 차 옆에 짐이 더 있어."

할머니가 입을 열 때마다 입김이 피어올랐다.

물건을 1층 승강기 앞에 내려놓고 또 주차장으로 가, 차 옆에 쌓여 있는 성인용 기저귀와 물휴지를 들고 병원으로 들어왔다. 아빠에게 기저귀가 필요 없다는 것에 감사했다.

병실로 올라가 김치통을 챙겨 다시 1층으로 내려갔다. 불어 터진 라면이 싫어 걸음을 재촉하며 매점으로 들어갔다. 아빠가 휠체어를 움직이려고 애쓰다가 컵라면을 쏟아 허둥거렸다. 하늘색 환자복이 라면 국물로 물들었고 바닥에 붉은 기름기가 퍼졌다. 아빠는 뜨겁다고 소리지르지 않고 서두를 뿐이었다. 단박에 아빠 곁으로 달려갔다.

"화장실로 가자."

아빠가 재촉했다.

황급히 휠체어를 밀어 매점을 나와 병원 안으로 들어갔다. 휠체어 바퀴에 묻은 라면 국물이 병원 바닥까지 이어졌다. 라면 냄새와 함께 역한 냄새가 풍겨 왔다. 아빠의 환자복 바지가 누렇게 물들어 얼른 화장실로 갔다. 몇 달 만에 라면을 먹은 아빠가 설사를 했다.

"가서 바지 가져와."

아빠가 싸늘하게 말하면서 변기 칸의 문을 닫으려고 했다. 휠체어 때문에 문이 닫히지 않아 무척 애쓰다가 겨우 문을 닫았다.

환자복 바지를 챙겨 화장실로 가서 변기 칸 문을 두드렸다. 아빠는 문을 열어 주지 않았다.

"바지 던져 주고 밖에 나가 있어."

"혼자서 어떻게 갈아입어요? 제가 도와 드릴게요."

"혼자 할 수 있으니까 제발 나가 있어라!"

아빠가 사정하듯 말했다. 먼저 도움을 청할 때까지 문 앞에서 기다렸다.

사람들이 계속해서 화장실에 들어와 변기 칸이 모두 꽉 찼다. 뛰어온 젊은 남자가 변기 칸의 문을 세게 두드렸다. 아빠는 힘없이 대답했고 휠체어 움직이는 소리가 들렸다. 그 사내는 다른 변기 칸 문을 두드렸다. 아빠가 빨리 나와야 할 상황이었다.

그렇게 몇 분이 지났다. 한 무리의 사람들이 들어와 화장실이 붐볐다. 기다리던 몇몇 사람들이 오래도록 열리지 않는 아빠의 변기 칸 문을 보고 이맛살을 찌푸렸다. 내 얼굴이 화끈했다.

"아빠, 사람들이 기다려요. 도와 드릴게요."

내가 다시 문을 두드렸지만, 아빠는 대꾸하지 않았다.

나는 점점 짜증이 나서 그냥 나가 버리고 싶었다. 하지만 좁은 곳에서 혼자 끙끙거리고 있을 아빠가 떠올라 마음을 가다듬고 다시 문을 두드렸다. 이번에도 대답이 없었다.

"잘난 체하는 성격, 아니 자격지심 아직도 못 버렸어요? 그러니까 아무도 병문안을 오지 않잖아요!"

버럭 소리를 지르고 화장실을 나와 병원 밖으로 뛰어나왔다.

눈은 진눈깨비로 변해 주차장 바닥이 질척거렸다. 후텁지근한 병원의 공기보다 찬바람이 좋았다. 신선한 공기를 마시며 속에서 올라오는 열을 식히려는데, 뒤에서 누군가 소리를 질렀다.

"빨리 안 비켜? 후진하는데 왜 장승처럼 서 있어?"

어떤 아저씨가 자동차 창문을 내렸다. 지나가던 사람들이 흘깃거렸다.

"왜 소리 질러요? 후진하는 걸 제가 어떻게 알아요?"

아저씨를 노려보며 목소리를 높였다. 아빠 때문에 가뜩이나 어수선한 마음에, 아저씨가 화를 보탰다.

"어린 녀석이 어른한테 대들어? 아빠한테 그렇게 배웠냐?"

"왜 갑자기 아빠를 탓해요? 아저씨는 그렇게 아들을 잘 가르쳐요?"

"어디에서 배운 말버릇이야?"

아저씨는 당장 달려와서 멱살이라도 잡을 기세였다. 말싸움에서 절대로 지고 싶지 않았다.

"학생, 미안해! 애들 아빠한테 오늘 안 좋은 일이 생겨서 화를 낸 거야. 내가 사과할게."

어디선가 급하게 뛰어온 아줌마가 캔 커피를 내밀었다.

아줌마의 눈가에도 엄마처럼 주름살이 많았다. 아저씨는 여전히 씩씩거렸다. 아저씨한테 지기 싫어 말대꾸를 하려는데 아줌마가 또 말렸다. 엄마가 생각나 아줌마가 건네는 캔 커피를 받고 자리를 옮겼다.

따스한 캔 커피를 양손으로 쥐었다. 눈발이 더 굵어졌다. 커피를 마시며 병원 주차장 둘레를 걸었다. 어느 때부턴가 집보다 병원이 더 친숙했다.

"학생, 방금 전에 간호사가 작가님을 모시고 급하게 올라가던데, 빨리 가 봐."

간병인 아줌마가 말했다. 스트레스를 받고 온도차가 심해지면 면역력이 떨어져 위험하다는 의사 선생님의 말이 떠올라 급하게 움직였다. 눈에 미끄러져 순간 몸이 휘청거렸지만 다행히 중심을 잡았다.

승강기는 10층에서 내려오고 있었다. 계단을 뛰어 올라가 3층 복도로 들어갔다. 마침 304호 병실 문이 열리더니 이동 침대가 나왔다. 침대 위에 흰색 천이 덮여 있었다. 다리의 힘이 쭉 빠져 그 자리에 멈춰섰다. 덮여 있는 흰색 천을 걷고 얼굴을 볼 자신이 없었다.

"학생, 아빠 응급중환자실에 계셔."

간호사 누나가 말했다.

침대에 누워 있는 사람은 문 옆에 있던 환자였다. 가족들이 울먹거리며 이동 침대를 뒤따랐다. 아저씨가 밤마다 중얼거리던 주문은 이제 들리지 않았다.

응급중환자실에 내려갔다. 면회는 하루에 세 번만 가능하다고 안내문에 적혀 있었다. 점심 면회는 이미 지났다. 문 옆에 달린 인터폰을 눌러 상황을 설명했다. 등에서 더운 기운이 올라왔다.

자동문이 열렸다. 중환자실 가운데 침대에 누워 있던 아빠가 거친 숨을 몰아쉬며 손을 내밀었다. 길게 자란 손톱이 보였다. 간호사 누나가 고무장갑을 끼고 아빠 엉덩이 아래에 기저귀를 깔았다. 계속 설사를 하고 있었다. 아빠가 힘겹게 중얼거리자 누나가 아빠 곁으로 다가갔다.

"아빠가 아들한테 기저귀 갈아 달래."

누나가 고무장갑을 내밀었다.

기저귀를 가는 것이 처음이라 망설이며 아빠의 얼굴을 보았다. 눈을 뜨고 나를 지켜보고 있었다. 고무장갑을 끼고 아빠 몸을 옆으로 돌렸다. 아빠의 살갗을 만졌지만 체온이 전해지지 않았다. 고무장갑을 벗고 맨손으로 물휴지를 집어 아빠의 엉덩이를 닦았다. 역한 냄새도 곧 익숙해졌다. 가까이에서 보니 허벅지에 손바닥 크기의 거즈가 붙어 있었다.

"혈압이 높아지고 심장이 빨라져서 중환자실로 옮긴 거야. 면역력이 좋아지면 삼백사 호로 올라갈 수 있어. 화상 치료도 했으니까 걱정하지 마."

간호사 누나의 차분한 말투와 담담한 표정이 미더웠다.

중환자실을 나와 304호로 올라갔다. 빈 침대가 많아 병실이 텅 빈 느낌이었다. 환자가 없는 병실에 보호자 혼자 머물 수 없었다. 아빠가 다시 이 병실로 돌아올 수 있게 해 달라고 기도하며 짐을 챙겨 구석에 놓았다. 침대에서 아빠의 냄새가 났다. 처음으로 304호가 아늑했다.

"아줌마 안 계시네. 이것 좀 전해 줄래?"

간호사 누나가 A4용지 뭉치를 건넸다. 막 프린터로 출력해 따스한 기운이 남아 있었다. 누나가 병실을 나가다가 돌아와 USB를 내밀었다. 아빠가 소설 파일을 저장하는 USB였다. 출력물 맨 앞장에 〈불량과 모범 사이〉라는 제목이 적혀 있었다. 그 아래 아빠의 이름이 보였다. 장편소설이었다. 집중해서 첫 장을 읽고 페이지를 넘겼다. 아줌마가 환자복을 들고 병실로 들어왔다.

"간호사 누나가 전해 달라고 했어요. 왜 아빠 이름이 적혀 있죠?"

출력물을 아줌마에게 내밀었다. 아줌마가 당황한 눈빛으로 나를 보았다.

"학생이 도서실에 갔을 때, 작가님이 출력해서 출판사 공모전에 보내 달라고 부탁하셨어."

아줌마가 스마트폰으로 출판사 홈페이지를 검색해 공모전 자료를 보여 주었다. 장편 청소년 소설을 공모했고 상금은 2,000만 원, 수상자 발표는 한 달 뒤였다. 수상 작품은 내년 봄에 출간된다는 문구에서 눈을 뗄 수 없었다.

"제가 우체국에 가서 보낼게요."

현관문을 열고 거실 전등 스위치를 눌렀다. 며칠 만에 집에 돌아왔다. 소독약 냄새 대신 퀴퀴한 냄새가 났다. 온기가 없어 빈집 같았고 구석에 먼지와 머리카락이 뭉쳐 있었다. 보일러를 켰다. 부엌 개수대에는 빈 그릇이 쌓여 있었다.

엄마에게 전화를 했다. 수업 중이라 전화를 받지 않아 문자로 아빠의 상태를 전했다.

부엌 서랍에서 햇반을 꺼내 전자레인지에 돌리다가 멈춤 버튼을 눌렀다. 헛헛했지만 배가 고픈 것은 아니었다. 샤워를 하고 침대에 누워서 〈불량과 모범 사이〉를 읽었다.

열일곱 살 소년과 암 환자인 아빠의 시선으로 지난 시간을 이야기하고 있었다. 아빠는 원고 마감을 앞두고 감기 몸살이 걸리면 병원에 가서 독한 주사를 맞고 그 기운으로 글을 쓰는 작가 지망생, 대필 작가였다. 몸 상태가 이상하다는 것을 알면서도, 무서운 진단을 받는 것이 두려워 병원에 가기를 망설이는 장면에서 나는 울컥했다. 무엇보다 항암 치료 비용이 많이 드는 것을 알고 치료를 포기하며 죽음을 받아들이는 장면은 읽기 힘들어 다음 페이지로 넘겼다.

소설은 허구가 아니었다. 아빠는 자신의 이름으로 출간된 멋진 책을 아들에게 선물하는 것이 마지막 소망이고, 그날을 위해 힘겹게 버티며 투병 중에 소설을 쓴다. 마지막이 될지 모른다는 예감을 하고 아들과 함께 있고 싶어서 겨울방학 동안 간호해 달라고 부탁을 한 것이다.

소설 원고를 책상에 올려놓고 지난 시간을 돌아보았다. 중학교 2학년 때, 가정의 달 백일장 수상 작품을 담임이 집으로 보내 줘 아빠가 읽었다는 것을 소설을 통해 알게 되었다.

그 작품은 아빠가 회사에서 인재상을 받게 돼, 온 가족이 외국 여행을 가면서 아빠의 사랑을 느끼는 내용이었다.

아빠를 주제로 수필을 쓰고 싶지 않아 허구의 이야기를 지어낸 것이다. 가정환경 조사서에 아빠의 직업을 회사원이라고 둘러댄 것도 아빠는 이미 알고 있었다.

소설은 청소년들의 모습을 생생하게 담고 있어 쉽고 재미있게 읽혔다. 아빠가 소설을 잘 쓴다는 것을 처음 알았다.

아빠는 지금 잠을 자고 있을까?

중환자실의 반복적인 기계음, 다급한 발소리, 간호사를 애타게 찾는 환자의 목소리가 들리는 것 같았다.

마지막 부분이 궁금해 졸음을 참고 읽었다. 아빠의 삶에서 소설이 무엇인지, 대필 작가의 마음이 어떠한지 묻지 않아도 이제 알게 되었다. 이 작품은 아빠의 유언장 같았다. 불만스러운 점은 아들과 아빠가 화해하지 못하고 죽음을 맞이하는 장면이다. 그대로 응모하면 그 일이 현실에서 일어날 것 같았다.

컴퓨터 전원을 누르고 USB를 꽂았다. 소설 파일을 클릭해 작품을 다시 살펴보며 마지막 부분을 어떻게 고칠지 궁리했다. 소설을 써 본 적이 없어서 난감했지만 그래도 고쳐야 한다.

여러 방향으로 고민해도 생각이 떠오르지 않아 인터넷 검색창에 '말기 암 환자'를 입력해 보았다. 항암 음식에 대한 정보가 자세하게 나왔다. 아빠가 암 진단을 받았을 때, 친척들은 항암 음식을 찾아 동분서주했다. 엄마도 한약재 시장을 매일 드나들고, 정보를 듣고 부산까지 다녀오기도 했다.

아빠는 음식이 몸에 맞지 않는다고 아이처럼 투정했고, 주변 사람들도 지쳐 갔나. 항암 음식이 비용이 많이 들고 준비하느라 고생하기 때문에 아빠는 일부러 싫다고 했을지도 모른다. 이제는 내가 항암 음식을 준비해야겠다.

엄마는 아빠 면회를 하느라 늦게 온다고 내게 문자를 보냈다. 소설을 고칠 시간이 넉넉했다. 다시 한글 파일을 들여다보았다. 아들이 아빠에게 항암 음식을 만들어 주는 것으로 소설을 마무리했다. 고친 부분을 꼼꼼히 여러 번 읽고 프린터 출력 버튼을 눌렀다.

아빠의 마지막 작품이었다. 이 작품을 나만 읽을 수 없었다. 원고를 책상에 올려놓고 바닥에 꿇어앉아 꼭 당선되게 해 달라고 기도했다. 이제 하늘의 뜻을 기다릴 수밖에 없었다. 깨끗한 서류 봉투에 원고를 담고 출판사 주소를 적었다. 일을 끝냈더니 배가 고팠다. 햇반을 전자레인지에 데우고 냉장고에서 반찬을 꺼냈다.

햇빛이 병실 안으로 들어왔다. 오늘 아침, 아빠는 304호로 옮겼다. 면역력 수치가 올라갔고 심장박동도 안정을 찾았다. 하지만 얼굴은 더 하얗게 변했다. 스스로 몸을 움직이기 힘들어졌다. 아빠는 304호에서 햇살이 가장 좋은 자리에 의자를 놓고 기대어 앉았다.

짐을 꺼내 사물함에 정리했다. 성인 기저귀는 침대 아래에 보관했다. 불경과 성경은 반년 사이에 손때가 잔뜩 묻어 있었다. 불경과 성경을 차례대로 넘겨 보다가 아빠가 접어놓은 페이지를 들여다보았다. 극락과 생명, 두 단어에 밑줄이 그어져 있었다.

아빠가 중얼거렸다. 아빠의 목소리를 들으려면 입에 귀를 바짝 갖다 대야 한다. 아빠가 손가락으로 발을 가리켰다. 양말을 찾으려고 사물함을 뒤적였다. 중환자실에서 신은 양말 두 켤레를 아침에 빨아 버려서 당장 신을 양말이 하나도 없었다. 매점에 가서 양말을 사 오려다가 내가 신은 양말을 벗어 아빠에게 신겼다.

"고맙다."

아빠가 힘겹게 말했다.

점심시간이 지났다. 간병인과 보호자들은 병실이 답답하다며 밖으로 나갔다. 아빠는 침대에 누워 잠이 들었다. 화상을 입은 아빠의 다리가 떠올라 환자복을 허벅지까지 올렸다. 거즈에 누런 진액이 묻어 있었다. 거즈를 살며시 떼어 내자 아빠가 얼굴을 찡그렸다. 손에 힘을 주고 거즈를 완전히 떼어 냈다. 붉게 부풀어 오른 자리에는 투명한 살이 올라왔다.

공모전에 작품을 발송한 영수증을 아빠 머리맡에 두었다. 이십 일이 지나면 수상자를 발표한다. 아빠는 그날까지 생명의 끈을 놓지 않을 것이다. 만약 수상작으로 선정되어 책이 출간된다면 내년 봄까지도 아빠는 꿋꿋하게 버틸 수 있다. 그러려면 몸에 좋은 음식으로 힘을 키워야 한다.

모아 놓은 용돈 20만 원으로 산 보이차를 서랍에서 꺼냈다. 몸에 뜨거운 기운을 불어넣어 주는 보이차가 암 환자에게 좋다고 한다. 벌써부터 보이차의 깊은 흙냄새가 풍기는 것 같았다.

작가의 말

고등학교 3학년이었다. 아침 일곱 시에 등교해 온종일 학교에 있다가 야간 자율 학습을 마치고 집에 가면 자정이었다. 일요일에도 학교에 갔다. 수능을 치르는 그 하루를 위해 태어난 사람들처럼, 수능에 인생을 걸어야 한다는 분위기에 적응하기 어려웠다. 솔직히 말하면, 적응하기 싫었다.

수십만 명의 수험생이 같은 목표를 향해 경쟁하도록 강요하는 사회, 과연 옳은가? 스무 살이 되기도 전에 왜 열패감에 빠지게 만드는 것일까?

그런 불필요한 질문을 많이 할수록 열아홉 살의 삶은 지루했다. 명확한 꿈이 있었다면 성취하기 위해서라도 열심히 공부했을 테지만 간절하게 바라는 꿈도 없었다.

시간이 흘러 5월, 중간고사가 끝났다. 날씨마저 후텁지근해 더 지겨운 어느 날, 문득 반년이 지나면 내 나이의 첫 숫자가 '2'로 변한다는 것을 깨달았다. 다른 세계로 진입하는 것 같아 가슴이 두근거렸지만, 다시 돌아오지 않는 청소년기가 끝나는 것이 아쉬웠다. 십 대의 마지막 시간을 오로지 수능 준비를 하느라 팍팍하게 보내고 싶지 않았다. 이 순간을 훗날에도 기억할 수 있도록 아주 특별한 일을 하고 싶었다.

며칠 고민 끝에, 흘러가는 이 시간을 문장으로 단단히 붙잡아 두면 좋겠다는 생각을 했다. 가끔 짧은 산문을 썼지만 소설은 분량이 많아 엄두를 내지 못했던 나는 단편소설에 도전하기로 마음먹었다. 한 가지 주제로 원고지 60매를 채우는 것은, 지금 내가 몇 권짜리 장편소설을 쓰는 것만큼이나 어려운 일이었다.

　야간 자율 학습을 마치고 집에 돌아와 밤 열두 시에 컴퓨터 앞에 앉아 A4용지 한 장을 채웠다. 소설 쓰기는 너무 어려웠다. 하지만 주인공에게 집중할수록 나를 가두는 많은 것들로부터 벗어날 수 있었다. 그런 자유로움을 처음 만끽한 나는 소설의 매력, 혹은 마력에 순식간에 빠져들었다.

　이야기를 쓰다 보니 신기한 일이 벌어졌다! 주인공이 스스로 움직이고 있었다. 경험해 보지 않은 신세계에 들어선 기분이었다. 마음에 담아 두었던 이야기를 이 세상을 향해 마음껏 할 수 있어서 새벽까지 자판을 두드려도 피곤하지 않았다. 문제집을 풀 때 느낄 수 없는 뜨거운 기운이 나를 감쌌다. 평소에 눈여겨보지 않던 것, 주변 사람들의 삶이 새롭게 다가왔고, 어른들이 싫어하는 '쓸모없는' 짓과 '쓸데없는' 질문이 소설 쓰기의 가장 큰 자산이라는 것도 알게 되었다.

　청소년기에 나는 불량과 모범 '사이'에 있는 평범한 학생으로, 공부보다는 쓸데없는 짓을 더 좋아했다. 친구들이 학원과 독서실에 갈 때, 도서관에 앉아 책과 신문을 보았고 시사 프로그램도 꾸준히 시청했다. 세상이 교과서에서 배운 대로 움직이지 않는다는 것을 일찍 깨달았다. 그런 까닭에 또래들이 하지 않는 잡생각을 참 많이 했다.

단편소설 「그녀를 지켜라!」의 배경이 되는 과학실은 고등학생 때 나만의 아지트였다. 그곳에서 친구들과 컵라면을 먹고, 커피를 마시며 밤늦도록 놀았다. 선생님들과 진솔한 이야기를 나누기도 했다. 성적이 우수하다고 해서 반드시 성공하고, 훌륭한 인간이 되는 것은 아니라고 귀띔해 주셨다.

「현재진행형」의 주인공처럼 히치하이킹을 한 적도 많았다. 차를 타고 가면서 어른들과 세월을 뛰어넘는 대화를 나누다 보면 세상과 사람의 낯선 풍경을 엿볼 수 있었다.

학교 밖이 궁금해 친구들이 하지 않는 경험을 적극적으로 하던 시기였다. 뜨거운 한여름에 보충수업을 빼먹고, 어느 단체에서 주최하는 제주도 순례를 4박 5일 동안 걸어서 끝마치던 순간을 지금도 잊을 수 없다.

청소년기의 다양한 경험을 바탕으로 열흘 만에 첫 소설을 끝냈다. 작품의 수준은 중요하지 않았다. 원고지 60매를 내 문장으로 채웠다는 것이 뿌듯했다. 삶이 충만했고 자신감도 얻었다. 그리고 간절하게 이루고 싶은 소중한 꿈도 생겼다.

한글 문서의 여백을 한 문장씩 채우던, 열아홉 살의 어느 깊은 밤이 없었다면 나는 지금 어떻게 살고 있을까?

그날 밤, 누군가 나를 지켜보았다면 수험생이 한가하게 소설을 끼적거린다고 혀를 찼을 테지만 내게는 정말 쓸모 있는 시간이었다. 성과로 이어지지 않는 일은 무의미하다고 말하는 시대에 살다 보니, '쓸모없음'의 의미가 더 각별하게 다가온다.

이 책을 준비하는 동안, 청소년기에는 '의미 없어 보이는' 일을 많이 해야 한다는 생각을 했다. 인생에서 가장 자유롭고 발랄한 그 시기마저 '강박증'에 시달리면 사춘기는 슬픈 시간이 될지도 모른다. 쓸데없는 짓이 훗날 큰 의미로 다가올 때가 반드시 있다고 나는 믿는다.

좋은 인연의 씨줄과 날줄이 촘촘하게 얽히지 않았다면, 세 번째 책을 완성할 수 없었다. 선뜻 출간해 준 뜨인돌, 열정 넘치는 여은영 편집자, 사투리로 옮겨 준 후배 수현, 사춘기 아이들의 모습을 생생하게 보여 주는 유경과 건웅, 문제의식의 중요성을 강조하신 선생님들, 늘 격려해 주는 가족, 지인에게 뜨거운 마음을 전한다.

명동 프린스호텔이 지원하는 '소설가의 방'에 한 달 동안 머무르며 이 원고를 마무리했다. 호텔 관계자분들의 따스한 배려에 감사의 마음을 전한다. 명동의 야경과 남산공원에서 읽은 책을 오랫동안 기억하고 싶다.

2015년 늦여름,
열아홉 살의 어느 밤을 떠올리며!
문부일